素人手記
外でも中でも
初めて知った
快感絶頂体験記
竹書房文庫

第一章

## とろける新鮮快感

**新入社員の洗礼はいきなりの貢ぎもの3Pセックス！** …… 12
投稿者 山崎なぎさ（仮名）／24歳／OL

**性に飢えた新妻の初めての不倫誘惑体験** …… 20
投稿者 村野瞳（仮名）／26歳／専業主婦

**拘束&舌責めプレイの虜になってしまった私！** …… 26
投稿者 境美佳（仮名）／24歳／アルバイト

**突然私を襲った衝撃のレイプSEXエクスタシー** …… 31
投稿者 榊原るみ（仮名）／30歳／パート主婦

**レズHの陶酔を打ち砕くたくましい男根の衝撃！** …… 38
投稿者 柳沢麻由子（仮名）／28歳／看護師

露出オナニーの快感に目覚めた忘れられないあの日……45
投稿者 山下理子（仮名）／21歳／大学生

夫の裏切りにナンパSEXでやり返した私だったけど？……52
投稿者 川北真理子（仮名）／27歳／専業主婦

上司からの叱責の腹いせは満員電車での痴女行為……60
投稿者 夏目さゆり（仮名）／31歳／公務員

## 第二章　したたる新鮮快感

**初めてのスワッピング体験で失神寸前エクスタシー！**……66
投稿者　牧原しのぶ（仮名）／33歳／専業主婦

**筋肉美人のバイトの後輩にレズ誘惑されて！**……72
投稿者　新井さやか（仮名）／24歳／アルバイト

**就職の最終試験はベッドの中で濃厚かつ執拗に**……78
投稿者　森口美玲（仮）／21歳／大学生

**社員旅行バス内エッチの掟破りエクスタシー**……85
投稿者　坂下優菜（仮名）／29歳／ＯＬ

**教え子の熱い欲望のたぎりをぶつけられた私**……90
投稿者　鵜飼典子（仮名）／26歳／教師

亡き夫の遺影の前で犯される背徳の快感体験 …… 96
投稿者 黒沢あかり（仮名）／36歳／アルバイト

横恋慕先輩ＯＬに仕掛けられた巨根３Ｐセックスの罠 …… 104
投稿者 浦田里紗（仮名）／23歳／ＯＬ

彼氏と二人で初めてのバイブ快感をむさぼって！ …… 113
投稿者 田中結子（仮名）／25歳／アルバイト

## 第三章
## ざわめく新鮮快感

**実の父に処女を奪われた忘れ難き禁断の夜**……120
投稿者 山路久美子（仮名）／31歳／専業主婦

**夜の公園で初めての露出アオ姦プレイ体験に弾けて！**……127
投稿者 南川あい（仮名）／28歳／公務員

**怪しげなハーブのすごい効用で味わった衝撃快感！**……133
投稿者 間宮はるか（仮名）／24歳／ＯＬ

**快感！イケメンセレブ男を容赦なくいたぶって**……139
投稿者 島崎綾香（仮名）／36歳／専業主婦

**仕事のために初めてアメリカ人男性と交わって**……146
投稿者 沢村一穂（仮名）／29歳／翻訳家

初めてのアナル快感は想像をはるかに超えて！…… 152
投稿者 阪上仁美（仮名）／27歳／パート主婦

はじめてのオフィス不倫エッチに激しく乱れまくって！…… 159
投稿者 江藤静香（仮名）／30歳／OL

アメフト野郎のたくましい肉体を女四人でむさぼって！…… 164
投稿者 木島美咲（仮名）／32歳／専業主婦

# 第四章

## わななく新鮮快感

絶倫旦那様に犯され続ける淫らすぎる肉体奉仕の日々……172
投稿者 原千夏（仮名）／38歳／住み込み家政婦

初めてのフェラチオ体験で熱烈興奮してしまったアタシ……181
投稿者 村中芽衣（仮名）／25歳／ＯＬ

園児が寝ている脇でその保護者と求め合う禁断の快感……186
投稿者 桃田佳代（仮名）／27歳／保育士

私に自殺を思いとどまらせた温泉宿のゆきずりセックス……191
投稿者 水田真理（仮名）／30歳／ＯＬ

米屋の三代目男性のたくましい肉体にくみしだかれて！……197
投稿者 平井梨奈（仮名）／28歳／専業主婦

バイトテロならぬバイトエロで立ったまま昇天？ …… 204
投稿者 新井百合香（仮名）／23歳／フリーター

若い後輩パートから味わわされたレズ快感の洗礼 …… 209
投稿者 中井江梨子（仮名）／35歳／パート主婦

就活マッチングSEXで問答無用で犯されて！ …… 218
投稿者 青木るか（仮名）／21歳／学生

第一章

# とろける新鮮快感

■アソコに流れ込む熱いほとばしりを感じつつ、喉奥にも白濁した奔流を流し込まれ……

# 新入社員の洗礼はいきなりの貢ぎもの3Pセックス！

投稿者 山崎なぎさ（仮名）／24歳／OL

私がまだ今の会社に入社したての頃に体験した、とってもイヤラシイ出来事をお話ししたいと思います。

二年前、大学を卒業した私は、数えきれないほどの会社から不採用となった挙句、ようやくある広告代理店に就職することができました。世間の誰も知らないような小さなところでしたが、それでも元々志望していた広告業界であることには違いないので、私はそれなりに張り切っていました。

営業部に配属された私は、Kという先輩男性社員の下につけられ、働き始めることになりました。

K先輩は三十歳で営業成績抜群のエース格ともいえる存在で、そんな人と組ませてもらえるなんて、私も期待されてるんだと、がぜんテンションが上がりまくったものです。ところが、事実は全然違っていたわけですが……。

ある日、K先輩が言いました。

「今日は、うち（わが社）にとって生命線ともいえる大口のお得意さんのところに行くからな。ここでいい仕事をとれるかどうかで、この一年のうちの趨勢が決まるって言っても過言じゃない。いいか、くれぐれも粗相するなよ！　気合い入れていくぞ！」

「……は、はいっ！」

私は武者震いする思いでした。

そこは中堅クラスの食品メーカーで、確かにテレビCMもそれなりに打っていて、ある程度、広告にお金をかけていることは一目瞭然でした。

私とK先輩は応接室へと通されました。

女性秘書の方がお茶を出してくれて下がったあと、入れ替わりに先方の担当重役のY部長が入ってきました。

K先輩は適度に引き締まったスラリとした体形でしたが、Y部長はそれとは真逆に、正直「醜い」と言っても過言じゃないほどに太りきり、脂ぎった中年男性でした。

K先輩とY部長が挨拶を交わし、続いて私が紹介されたのですが、その時のY部長ときたら……私の全身を上から下まで舐め回すように凝視し、まさに舌なめずりせんばかりの気持ちの悪い笑みを浮かべたのです。

そして、

「ほう、これが今年の貢ぎものか……いいじゃない。顔も可愛いし、カラダもよさそうだ。Kくん、相変わらずいい仕事するね」

貢ぎもの？

何それ？　私のことを言ってるの？

Y部長から発せられた言葉に動揺し、私はすがるような思いでK先輩の顔を見たのですが、それに対するK先輩の言葉は、まさに衝撃でした。

「なぎさ、今日は気合い入れろって言ったよな？　おまえは実質、今日この日のためにうちに採用されたと言ってもいいくらい、今が勝負どきなんだ。さあ、黙ってY部長に抱かれなさい」

「えっ、ええええっ⁉」

K先輩は私の動揺をよそに、もう何度も同じ動作をやっていることを窺わせるような流れるような動きで、応接室のドアのところに移動すると後ろ手に内鍵をかけながら言いました。

「うちでは毎年こうやって、その年の上玉の新人女性社員をY部長に貢ぎものとして献上させていただいてるんだ。そうして満足いただければ、その年の広告キャンペーンのすべてをうちに任せてもらえるって寸法だ。どうだ、新入社員冥利に尽きるだろ？　おまえが今年のうちの屋台骨を支えるんだぞ！」

いやいやいや……そんなの聞いてないよ～！

あまりの衝撃展開にうろたえるばかりの私でしたが、Y部長は容赦なく迫ってきます。そして、さりげなく私の背後に回り込み、羽交い絞めにしてくるK先輩。前から私のブラウスのボタンを外し、ブラジャーをグイグイと上にずり上げようとするY部長をサポートしながら、さらに言います。

「ほら、S主任知ってるだろ？　彼女がまだ二十五歳っていう若さで、なんで役職に就けてるかっていうと、やっぱりこうやってY部長のお相手をして満足いただいたからなんだよ。いわば貢ぎもの特進だな」

そ、そうだったんだ～……。

思わず納得する私でしたが、その間にとうとうY部長は私の乳房を完全に露出させてしまって、揉み回しながら乳首をチュウチュウと吸ってきていました。

「あっ、はぁっ……んんっ……」

その吸引加減があまりに巧みだったもので、思わず喘いでしまった私。

「う～む、柔らかくて弾力があって……こりゃあ極上のオッパイだ！　Kくん、今回は特にポイント高いよ～！」

「はいっ！　喜んでいただけて何よりです！　ささっ、心ゆくまでお楽しみください！」

なんか……テレビで見た時代劇の悪徳商人と悪代官のやりとりみたいだなぁ……などと妙なことを思いながら、それでも私はある意味褒められていることで、不思議に嬉しい気持ちが湧き上がってきました。

「ほら、なぎさ！　Y部長も喜んでくださってるぞ！　やったな、お手柄だ！　おまえは会社の宝だ！　さあ、もっともっと満足させて差し上げるんだ！」

「……は、はいぃ……」

K先輩の叱咤激励に乗せられるように、がぜん私のモチベーションも盛り上がっていきました。

こうなったら、私のこれまでの男性経験を総動員して、Y部長を大満足させなきゃ！　そして私も出世するんだから！

もう私に抵抗の意思なしと見切ったかのように、K先輩は羽交い絞めしていた腕を放すと、おもむろに自分のスーツを脱ぎ出しました。見ると、同じくY部長も脱いでいます。続けて私も全裸に剝かれてしまいました。

真昼間の会社の応接室内に全裸の男女三人……なんだかすごい光景ですよね。

K先輩も交えての3Pが、この毎年の恒例イベントの決まり事のようでした。

「じゃあ、まずはたっぷりと口で奉仕してもらおうかな」

Y部長がソファに腰かけ、私はその前にひざまずくと、股間に顔を埋めてフェラを始めました。正直あんまり得意ではなかったけど、そんなこと言ってる場合じゃありません。とにかく必死でしゃぶりました。

と、そんな私の背後からK先輩が胸を揉みしだいてきました。

そのムニュムニュ、コリコリという乳房と乳首への愛撫がとにかく気持ちよくて、自然とフェラする動作にも熱が入ってしまいました。

「うおぉ……いいよぉ、とってもいい気持ちだ……ううっ……」

それに対するY部長のヨガリ声が、さらに私の興奮を煽ってきます。

ハッと気がつくと、私の裸の腰の辺りをつつく硬くて熱い感触が。

そう、背後のK先輩もすっかり昂ぶってきているようで、勃起したペニスがイタズラをしているのです。

「くうっ、俺のほうもたまらなくなってきちゃったよ……なぎさ、おまえ本当にいいカラダしてるなあ……！」

そう言いながら、今や濡れ濡れ状態になった私のアソコを、ペニスでヌルヌルと刺激してきました。その心地よさといったら……！

「あふ……ぅ、もう、もう私、ガマンできません……オチ○ポ、入れてください！」

私はペニスから口を離すと、そうY部長に訴えていました。

「おお、いいとも、いいとも！　その可愛いマ○コに、チ○ポ、思いっきりブチ込んであげるよ！」

Y部長はそう応えると、私をソファに横たえさせ、左右に大きく広げさせた両脚の真ん中にペニスをズブズブと挿入してきました。快感が全身を貫いてきます。

「あっ、ああ、はぁぁ～～～っ！」

Y部長にガンガンと激しく腰を打ちつけられ喘ぐ私……その顔の横にK先輩が自分の勃起ペニスを差し出してきました。私は迷うことなく顔を横に向けると、それを咥えて舐めしゃぶり始めました。

「ああ、なぎさ……いいぞ、いい舐めっぷりだ！」

「うおぉっ、締まる……マ○コ、締まるぞぉ～～っ！」

「んぐぅ……んっ、んっ、んっ……ふぐぅぅ～～～っ！」

上と下の口を同時に責めたてられ、いよいよ私のほうもクライマックスが近づいてきました。同じく、彼ら二人も極まってきたようです。

「ううっ、だ、出すぞぉ……う、うぐっ！」

「ああ、なぎさっ……んぐっ……」

「……！　あああぁぁっ……！」

アソコに流れ込む熱いほとばしりを感じつつ、喉奥にも白濁した奔流を流し込まれながら、私は絶頂を迎え、全身をヒクつかせていました。

あまりといえばあまりな洗礼でしたが、おかげで今、私も主任のポストに就くことができているというわけです。

ただ一つ困ったこと……それは、今私、彼氏ができたんですけど、この時味わった生まれて初めての３Ｐ体験の興奮が忘れられずに、彼との普通のセックスじゃあ満足できなくなっちゃってるんです。

もう、どうしてくれるの？

■バックから彼の挿入を受け入れながら、あたしは狂わんばかりの勢いで悶えまくり……

# 性に飢えた新妻の初めての不倫誘惑体験

投稿者 村野瞳(仮名)/26歳/専業主婦

半年前に結婚したばかりの、新婚バリバリ新妻です。

なのに、まさかそんなタイミングで夫が単身赴任になっちゃうなんて……一体会社は何を考えてるんでしょう? 本当ならあたし、全然夫についていくのに、なんでも赴任する先の都合で単身用の宿舎しか用意できないってことで、泣く泣くあきらめるしかありませんでした。

赴任期間は三ヶ月。

短いように思われるかもしれませんが、もう毎日やりたい盛りのあたしとしては、耐えきれないほど長い時間です。

赴任する日の朝、その前の晩に当分のやり納めという感じで三回もやったというのに、あたしはさらに夫を求め、朝立ちしたその愛しいチ○ポの上に起き抜けにまたがってしまいました。

「ああん、健ちゃん……んんっ、んっ……はぁっ、はっ、はっ……」

まだ寝ぼけまなこの夫でしたが、あたしの強烈な揺さぶりと締め付けに反応して、

「ううっ、瞳……っ、くぅ、ううっ……！」

下からあたしの腰をしっかりと摑んで、ズンズンと突き上げてきて……。

「あひっ、いいっ、イク……イクのぉ、はっ……はぁっ！」

あたしは、ほとばしるような夫の熱い精の奔流が胎内に流れ込むのを感じながら、気も失わんばかりの激しい絶頂をむさぼっていました。

「ふぅっ、よかった……あっ！　もうこんな時間！　早く行かないと赴任早々遅刻しちゃうよお！」

ベッドの上でまだオーガズムの余韻に浸りながら寝そべっているあたしを尻目に、夫は大慌てで身支度を整えると、大きなキャリーバッグを引きずりながらマンションを出ていったのでした。

さあ、そのあとがもう大変です。

だってもう、毎日の日課のような新婚セックスのリズムに慣れ切ったあたしのカラダは、疼いて疼いて仕方ないんです。

ああ、セックスしたい！

オチン○ン欲しい！

イッてイッて、イキまくりたい！

まさに盛りのついたメス犬のような状態になってしまったあたし。

それでも、夫がいなくなってから一週間はなんとかガマンして乗り切ったんです。

いやまあ、もちろんオナニーは普通にしましたけど、それって悪いことじゃないでしょ？　誰に迷惑をかけるわけでもないんだから。

だけど、一週間をすぎた頃、あたしはとうとう限界を迎えてしまいました。

その日の昼下がり、新聞の勧誘員がやってきたんです。

居留守を使おうかと思ったんだけど、試しにドアの覗き穴から相手の様子を窺ってみると、これがなんとまあ、すっごい好みの男子だったんです！

あたしの好きな俳優の坂口○太郎くんを思わせるようなナイーブな感じのイケメンで、年の頃は二十歳ちょっとくらい。

それまでの一週間、火照り疼き、渇いたカラダを必死でごまかし、噴き出そうとする性欲を抑えつけていたあたしでしたが、そんな美味しいエサを目の前に突きつけられた瞬間、ものの見事に爆発してしまいました。

この子とエッチしたい！　チ○ポ欲しい！

吹き荒れる欲望と本能のままに、あたしはおもむろにドアを開けると、彼の手をグイッと摑んで部屋の中に引っ張り込んでいたんです。

「えっ、えっ……あ、あのぉ……？」

「いいから、いいから！　新聞とってほしいんでしょ？　だったらおとなしくあたしのいうこと聞いて！　ほら、さあ！」

あたしは、いきなりの展開にうろたえる彼をねじ伏せるようにそう言うと、問答無用で服を脱がせて、自分も裸になると、転がり込むようにバスルームへ。

「あらあ、けっこういいモノ持ってるじゃないのお！　顔のイメージだともうちょっと可愛い感じかと思ったんだけど……うふっ！」

あたしは彼の予想外の性器の大きさに嬉しい驚きを感じながら、シャワーのお湯を浴びせかけて汗を洗い流しつつ、突っ立ったままのその前にひざまずいてフェラチオを始めました。

一週間ぶりに咥えるそれは本当に美味しくて、あたしは取りつかれたように執拗にねぶり、吸い、しゃぶり、味わっていました。

「あう……お、奥さん、そ、そんなにされたら、ぼ、僕もう……」

「だめよ、まだ出したらだめっ！　ねえほらっ、今度はあたしのオマ○コ舐めてえ！」

あたしはギンギンに昂ぶった彼のペニスをいったん放すと、浴槽の縁に腰かけて両脚を左右に大きく広げ、その中心を舐めるよう彼に命じました。

「は、はい……」

彼は勃起ペニスを所在なげに振り立てながらひざまずくと、あたしのオマ〇コを一生懸命舐め始めました。その舌の動きはまだまだぎこちなかったけど、高まりに高まったあたしの性感を悦ばすには十分すぎるほどのものでした。

「あひぃ、ひぃ……いい、いいわぁ……き、きもちいいっ……」

あたしはそうやってさんざん口で奉仕させたあと、いよいよ彼に最後の命令を下しました。

「さあ、いいわ、そのビンビンに大きくなったオチ〇ポ、あたしのマ〇コにちょうだい！　奥の奥まで突いてぇっ！」

「はいっ！」

彼ははち切れんばかりに膨張したペニスをあたしのアソコの入り口にあてがい、そのままズブズブと突き入れてきて……。

「ああっ、そう、これっ……これが欲しかったのお！　ああ、いいわぁ、やっぱりチ〇ポ、サイコーッ！」

浴槽の縁に手をつき、バックから彼の性器の挿入を受け入れながら、あたしは狂わんばかりの激しい勢いで悶えまくりました。

「ああ、いいっ、いいのぉ！　はぁ、はぁっ……！」

「お、奥さん……ぼ、僕もいいですぅ……！」

「んはっ……ああ、もう、もう……イ、イクゥ～～～～ッ！」

「はうぅ……んぐッ！」

若さに任せたとんでもない量の射精をアソコで呑み込みながら、あたしは久方ぶりの（……といっても、たかだか一週間ちょいですが……）セックスのオーガズムのすばらしさを堪能していたのです。

もちろんそのあと、あたしは彼と新聞を契約してあげました。

ただし、夫が単身赴任から戻ってくるまでの間、あたしの望むままにセックスのお相手をしてくれるというオプション付きで。

■乳首まぎわまで舌をのたくらせながら、でもあえてそこで寸止め、焦らすように……

# 拘束&舌責めプレイの虜になってしまった私！

投稿者 境美佳（仮名）／24歳／アルバイト

知り合いのカフェでアルバイトしてるんだけど、ある日、常連客のFさんに食事に誘われちゃった。

正直、私あんまりFさんのこと好きじゃなくて……だって、いっつもあり得ないほどエロい視線で私のこと見てきて、スケベ心見え見えなんだもの。

でもその日は、どこでどう聞きつけたのか、私が前からずっと行きたいって思ってた、ニューヨークから鳴り物入りで上陸したばかりの超高級ステーキハウスでご馳走してくれるっていうもんだから、つい食欲に目が眩んでフラフラと……。

で、待望のステーキはそりゃもう美味しくて、おまけにFさんが高級なワインを一緒にガンガン勧めてくるもんだから、私も調子に乗ってついつい飲んじゃって……当然、べろんべろんに酔っぱらっていつの間にかつぶれちゃったというわけ。

ふと目が覚めると、私は知らない部屋のベッドの上に寝てた。

しかも、私ってば何も着てなくて、完全な全裸状態。

しかもしかも、両手両足を大きく広げられる格好で、ベッドの四隅にひもでくくり付けられて、身動きできない状態！

うわっ、やられた～！　と思ったけど、もう後の祭り。

目の前には、やっぱり同じくスッポンポンのFさんが立ってて、私のあられもない姿を嬉しそうに見下ろしてた。本当に口の端によだれが光ってて、いやもう気色悪いのなんの！

私、とりあえず、やだもう、やめてください、何するんですかって迫りくるFさんを拒絶しようとしたんだけど、もちろん、まったく怯む気配はなし！

大の字状態で身動きできない私の上に覆いかぶさるようにベッドに上がると、もうすでにビンビンに立っちゃってるオチン○ンをぶらぶらと揺らしながら、私のほうに顔を近づけてきた。

うわっ、やめて、気色悪ぅ～～～～！　と引きまくりの私だったけど、そんな反応も長くは続かなかったのね、これが。

だって、Fさんの舌攻撃の気持ちいいことといったら……正直、私、こんな経験初めてで、あっという間にその快感に溺れちゃってたの！

Ｆさんの舌は最初、私の顎先に触れ、そのまま顎のラインに沿うようにして左右の耳のほうへと移動すると、耳穴をニュルニュルとほじくり、耳朶をネチャネチャとねぶり回してきて、私、そのゾクゾクするような感触に思わず身悶えしちゃってた。

「んあっ、ふはぁ……あっ、あっ、あぁ……」

Ｆさんはそんな私の反応に嬉し気な笑みを浮かべると、今度は首筋からうなじへと責めポイントを移していき、そのまま鎖骨のほうへ。

そして、さらにその下のオッパイのほうへと、軟体動物のようにウネウネと動いていくと、乳房の膨らみをグ～ルグル、グ～ルグルと何度も何度も舐め回してきて……あ～っ、キモチいいっ、早く……早く乳首舐めてぇって、私、もう胸の性感がたまらなく高まっちゃって、すごい状態になっちゃってるんだけど、Ｆさんったらそうしてくれないの。

乳首まぎわまで舌をのたくらせながら、でもあえてそこで寸止め、スス～ッと舌はまた乳房の縁のほうまで離れていって……って、そんな焦らしプレイで繰り返し、繰り返し責められて、私ってばもう爆発寸前。

そしてようやく乳首を舐めてもらった日には、この世にこんな最高の乳首快感があるのかっていうくらい感じまくっちゃって……びっくりすることに、私、生まれて初めて、オッパイの性感だけでイッちゃったの！

「あっ、ああ、イ、イク……んはぁ～～～～っ！」

するとFさんは、さも満足そうにうなずきながら、今度は舌を下半身のほうにぬめり動かしていき、私のおへそのあたりもねぶり回して気持ちよくさせてくれたあと、いよいよアソコのほうへと顔を下げていって。

さっきのオッパイへの攻撃だけで、私は信じられないくらいの快感に酔いしれていたっていうのに、本番はまさにここからだったわ。

Fさんは本領発揮とばかりに、さっき以上に繊細で、かつ大胆なアクションで舌と唇、そして歯まで操って、時には例によって焦らしながら、私のアソコの隅々まで責め立て、とことん可愛がってくれたの。

そのあまりの快感にクリトリスが震え、ヴァギナがわけわかんないくらい大量の汁を噴き出させながらひくつき、膣の奥のほうがドロドロに蕩けるような感覚に追い込まれちゃって……私ったら、また三～四回イッちゃった。

この生まれて初めての、手足の自由を奪われ、舌の攻撃だけで責められるっていうプレイで、とことん全身の性感を高められてしまった私は、もう欲望の限界だった。

早く生身のオチン○ンを入れて欲しくってどうしようもなくなってて、腰を迫り上げながら、Fさんにオネダリしてたわ。

「ああん、Fさん、早く……オチン○ン、入れてくださいィ～～～っ！」

Fさんは大きくうなずくと、先っちょからタラタラとガマン汁を滴らせ、パンパンに立ち膨らみきったペニスを、私のアソコに突き立ててきた。

はっきり言って、これまでの舌攻撃のほうが気持ちよかったかもって思っちゃった私だったけど、それでもFさんのオチン○ンにガンガン掘られながら、それなりの挿入オーガズムを味わえて、満足、満足ってかんじ。

でもそれから、困ったことが。

彼氏と今までどおりの普通のエッチをしても、今いち感じなくなっちゃったの。ああ、Fさんのあの舌が恋しいなあって。

ふふふ。

■私がパイズリするたびに、ペニスの粘ついた音が淫靡に響き渡り……

# 突然私を襲った衝撃のレイプSEXエクスタシー

投稿者　榊原るみ（仮名）／30歳／パート主婦

この世の中、特に今の日本で、男からレイプ被害を受ける女なんて、そうそういるものじゃないだろう。私だってそうだった。これまで生きてきて、そんな危ない局面に出くわしたことなど、一度もなかった。

そう、つい先月までは。

私は近所の大型スーパーでパートとして働き始めて、もう三年ほどになる。主婦パートの面々の中でも今やベテランの部類に入り、店長からも信頼され、リーダー的立場を任されている。

でも、そんな私でも、男性社員の三浦（仮名）だけは苦手だった。

三浦は三十一歳で、仕事ができないわけではないのだけど、かと言ってできるわけでもなく、店としても扱いに困っているようで、まあまあいい年なのに主任等の役職に就けられることもなく、平社員として私たちパートとあまり大差のない仕事しか任されてはいない。

まあそれはいい。周りに迷惑をかけるわけではないのだから。

問題は、本当に無口で何を考えているかわからず、最低限の仕事のやりとり以外は、どう接していいか本当に困ってしまうことだった。

ただ私には、なんとなく感じるものがあった。

三浦は、他の人間にはひたすら不愛想で無関心そうなだけなのだけど、こと私に対してだけは違ったのだ。決して言葉を交わそうとはしないくせに、視線だけは外そうとはせず、じっと食い入るように見つめてきて……それはまるで、獲物を狙う野獣のギラついた瞳のようで、私は言いようのない恐怖を感じざるを得なかった。

そしてその恐怖がついに現実のものとなったのが、先月のことだったのだ。

午後七時、私はその日のシフトを終えると、同僚たちに声をかけて、帰り支度をするために従業員用控室へと一人向かった。

今日は夫が少し帰りが遅くなると言っていたので、いつものように焦って着替える必要はない。この時間帯に上がるパートが自分一人だということがわかっていたので、控室の中からドアの内鍵をかけると、ゆっくりと店の制服を脱ごうとし始めた。

と、その時だった。

自分以外誰もいないはずの控室の中に異様な気配を感じ、ハッと少し奥まった給湯室のほうに慌てて目線をやったのは。そしてそこにはなんと、三浦がいたのだ。

「！　ちょ、ちょっと三浦さん、そこで何を……⁉」

思わず声を張り上げようとした私だったが、いつもの彼からは想像もつかないような素早さでこちらに飛びかかってきた三浦によって、口をふさがれ、体を抱きすくめられてしまった。彼は手を外すと同時にすかさず私の口の中にハンカチのようなものを突っ込んで、易々と声を封じてしまうと、ものすごい力で私の全身をまさぐり、撫で回し始めた。

「んんっ、んぐ……ん、んふぅぐっ……！」

「榊原さん、痛い目を見たくなかったら、おとなしくしてるのが身のためだよ。そしたら俺、絶対に乱暴なんてしないから」

彼はそう言うと、私の体を休憩用ソファの上に押し倒してきた。

「書き入れ時の今の時間帯、まず誰もここにはやってこないし、万が一来たとしても鍵がかかってて中には入れない。しかも、あんたも声が出せない。いくらあがいたって無駄だよ」

三浦は押し殺したような声でそううそぶくと、私の制服のブラウスのボタンを引きちぎるように外し始めた。あっという間に前をはだけられ、私のブラジャーを着けた胸が露わになる。三浦はのしかかった自分の重さで私をしっかりと押さえ付けながら、私の背中に手を回して器用にホックを外してしまった。そしてとうとうブラジャーが取り去られ、ぷるんと胸がこぼれ現れてしまった。

「ああ、なんて大きくてきれいな胸なんだ……今までどれだけこれを間近で見たかったことか！　想像どおりにすてきだ！　ああっ、榊原さんっ！」

やはり三浦は、私のことを、私の肉体をいつか犯してやろうと虎視眈々と機会を窺っていたのだ。

それまで、あまりに突然の驚愕と衝撃のために、彼にされるがままになっていた私だったが、貞操の危機をひしひしと痛感した時、おもむろに抵抗感が湧き上がった。

私は必死で身をよじらせ、三浦の体を振り落とそうと暴れあがいた。

「おとなしくしろって言ってるだろ！」

次の瞬間、私は右頬に激烈な痛みを感じ、身をすくませてしまった。

「まだ抵抗しようっていうんなら……殺すぞ！　俺はあんたが死体になったって、それを犯せればいいんだ。あんたはきっと死体になったって素敵に違いないからな」

三浦は上ずったような声でそう言いながら、さらに三発、四発と私の頬に平手打ちを食らわせ、とうとう私の反抗心は萎えてしまった。

（こ、殺されるなんて、い、いやだ……）

観念した私の全身からはぐったりと力が抜けてしまい、その様子を見た三浦はいかにも満足そうにほくそ笑んだ。

「そうだ、いいぞ、いい子だ」

舌なめずりするようにそう言うと、私の胸に顔を埋め、しゃにむに乳房を、乳首を舐め、吸い、むさぼりだした。歯型が付くほど噛み、引きちぎらんばかりに強烈に吸い上げるものだから、最初はもう痛くて仕方なかったが、そうされ続けているうちにだんだん馴れ、いつしか快感を覚えるようになってしまった。

「ん……ぐぅ、ううん……くひっ……」

「おう、そうか、そうか、キモチいいのか。ほら、乳首がこんなに立ってきた。なんていやらしいカラダなんだ……ようし、もっともっと気持ちよくしてやるからな」

三浦は自分のお腹を少し浮かすようにすると、私と接触している部分に少し余裕をもうけ、そこに手を突っ込んでスカートのウエスト部分をこじ開けてきた。そして下着の中まで指を忍ばせてくると、力任せにアソコを搔き回してきて……！

「ひっ！　……んぐ、ぐふぅ……くっ！」

まだ十分に濡れていないそこは、その乱暴な愛撫の苦痛に悲鳴を上げたが、やはりさっきと同じように執拗に繰り返されているうちに馴染んでいき、快感を覚えるようになってしまった。

「ほ〜ら、すぐにヌルヌルに濡れてきた！　よしよし、もうちょっとしたら俺のチン○ン、入れてやるからな。その前にもう少しその素敵な胸で楽しませてくれよ」

三浦はそう言うと、私の体を押さえ付けたまま無理やり自分のズボンと下着を脱いで下半身を剝き出しにすると、どっかと私のおへそ少し上のところに馬乗りになっていきり立ったペニスを胸の谷間にこすりつけながらさらに言った。

「ほら、両手でオッパイを支え持って、俺のチン○ン、パイズリしてくれよぉ！……おお、そうそう、いいぞ、その調子だ！」

私は言われたとおりに、下から自分の胸で彼のペニスを挟んでしごきあげた。ペニスの先端から滲み出している透明な粘液のせいで、私がパイズリするたびにヌッチャ、グッチャと粘ついた音が響き渡る。

首を少し上げた私の顔の目の前で、硬く赤黒く張り詰めた男性器がてらてらと卑猥にぬめり光りながら、乳房の狭間でのたうつ様は、なんだかもうやたら淫靡で、私のほうもたまらなく昂ぶってきてしまった。

「あぁっ、もうダメだっ！　あんたの中に入れたくてたまらないっ！」

三浦はそう一声叫ぶと、私の両脚を大きく広げさせ、とうとうアソコを突き貫いてきた。

「んひっ……んぐぅ、くふっ……んぐぬぅ……！」

私の喉奥から喜悦の呻きが吹きこぼれる。

「はっ、はっ、はっ……ふう、はっ、はっ……！」

三浦の腰のピストンが勢いを増していき、一瞬ビクッと全身を震わせたかと思うと、ドピュ、ドピュッと大量の精液が私のお腹の上に吐き出された。

私は生まれて初めてのレイプＳＥＸの衝撃で頭の中が真っ白になりながらも、その筆舌に尽くしがたい快感に朦朧とするばかりだった。

こんなの、一生忘れられないに決まってる。

■Mくんは両手を伸ばし、右手は私の、左手は真紀の性器を後ろからいじくって……

# レズHの陶酔を打ち砕くたくましい男根の衝撃!

投稿者 柳沢麻由子(仮名)/28歳/看護師

私、実はレズビアンなんです。

絶対に男とセックスできないってわけでもないけど、好き好んではしたくない感じ。なのに、まさかあんな形でしなきゃいけないはめになるなんて……。

その日、夜勤だった私は、同僚でレズ友の真紀(彼女は完全なバイセクシャルで、男も女もどちらでもOKな人)と、仮眠室で乳繰り合っていました。時刻は深夜二時。交替時間までの一時間、ちょっと気持ちいいことしましょうか、って感じで。

ちゃんと中から鍵をかけ、私と真紀は全裸で簡易ベッドの上に寝そべりました。私が下になり、真紀が上になって、お互いの性器を舐め合います。

ちょうど真上にある真紀のアソコに、私は少し顔を上げて舌を伸ばして、ペロペロ、チロチロと……真紀は体つきは小柄なんだけど、意外にアソコは大ぶりで、市場で競りにかけたらさぞ高い値がつくであろう、肉厚の蝦夷あわびという感じ。柔らかいワレメの縁をハムハムと舌と唇で愛撫してあげると、途端にダラダラと愛液を垂れ流して、私の顔をべっとりと濡らしてしまうんです。

「んんっ、くぅっ……」

真紀は快感に呻きながらも、負けじと私の股間に顔を埋めて、下でアソコの肉びらを掻き分けるようにして舌を侵入させ、ニュルニュルと内部を掻き回してきて……。

「んはっ、はぁ……んんんっ……！」

私もたまらず喘いでしまいます。

真紀は胸も大きいので、たっぷりとした乳房がタプン、タプンと揺れながら私のお腹の辺りに当たって、同時に乳首がこすれる感じも、なんだかすごくいい感じ。

私たちはお互いの性器を口でむさぼり合いつつ、精いっぱい体も密着させ絡ませ合いながら、蕩けるようなレズビアン・エクスタシーに溺れていたんです。

と、その時でした。

いきなり仮眠室のドアがガチャリと開けられたのは！

そんな……鍵はちゃんとかけたはずなのに……。

ベッドの上で思わず固まってしまった私と真紀の目の前に現れたのは、看護助手のMくん（二十六歳）でした。

「あ〜あ、いいな〜……二人だけでこっそり気持ちいいこととして。僕も交ぜてくださいよ〜」

「そんな……なんで……⁉」

私と真紀は簡易ベッドの上で身を起こし、お互いを守るような格好で抱き合うと、シーツを体に巻き付けながら、彼に言葉を投げていました。

「ん？　なんで鍵を開けられたかって？　そりゃもちろん、ナースステーションからこっそりここのキーを拝借してきたからさ。あんたたち二人の関係が怪しいことには、だいたい気づいてたからね。今日は現場に踏み込んでやる気、満々だったんだ」

Mくんはニヤニヤ笑いを浮かべてそう言いながら、あられもない格好の私たちの姿をスマホで撮影しました。

「さ〜て、こんな画像が大っぴらになったら、どうなっちゃうだろうな〜？　当然、ふたりとも病院にいられなくなっちゃうよね〜？　さあ、そうなりたくなかったらさ、僕も仲間に入れてくださいよー。二人ともすっごく好みなんだ〜」

私と真紀は無言で顔を見合わせて目だけで語り合いましたが、どうやら私たちに選択の余地はなさそうでした。

「わかったわ。言うとおりにしたら、本当に今日のことは黙っててくれるのね？」

私がそう訊ねると、Mくんは、

「もちろん！　満足させてもらったら、目の前で画像を削除するって約束するよ」

と答えました。

話は決まりました。

Mくんはあらためてドアの鍵をかけると、振り向いて私たちのほうにやってきて、自ら服を脱いで裸になりました。そして、私と真紀が載る簡易ベッドの上に上がってきたのですが、さすがに狭くて今にも誰かが落っこちそう。でも、Mくんはそんなことを意に介する様子もなく、肉体を私たちに絡ませてきました。

Mくんは若い上に、体力が資本の男性看護助手とあってその肉体は見事なまでにたくましく、すぐに私と真紀は圧倒されてしまいました。

ベッドの上で膝立ちになったMくんの前、私と真紀はうずくまるようにして股間に群がり、そのペニスに食らいつきました。

チュウチュウ、ベロベロ、シャブシャブ、ジュルジュル……私は亀頭をズッポリと咥え込み、喉奥で締めるようにして吸いしゃぶって、真紀は玉袋を口中でコロコロと転がしながら刺激します。すると、すぐにMくんの若いペニスは反応してきて、私の喉を突き破らんばかりの勢いで激しく勃起し、ビクビクと暴れだしました。

「んんっ……ん、ぐうぅっ……！」

苦悶に喘ぐ私でしたが、同時にえも言われぬ被虐感のような興奮を感じ、正直、体の芯の部分が疼くような感覚も味わっていました。今まで、男と接してここまで昂ぶったことはないので、自分でもとまどってしまったくらいです。

するると、そんな私の心中を見透かしたかのように、Mくんは両手を伸ばし、右手は私の、左手は真紀の性器を後ろから潜らせていじくってきました。

「ああっ……いい、いいですよ。二人とも上手だ……さあ、もっと激しく舐めて、吸って、しゃぶって！」

Mくんはそう吠えながら、がぜん両手の動きを激しくして、私と真紀のアソコを責め立ててきました。太い指が肉びらを荒々しく蹂躙し、膣道の奥までえぐるようにして押し込んできます。

「んぐぅ、ふぅ、ぐふぅ……！」

「はぁぐ、んぶっ、くふぶぅ……」

押し寄せる快感でお尻をモゾモゾ、ヒクヒクと蠢かせながら、私も真紀も、ますます勢いよくMくんの性器をむさぼってしまいます。

「ふうぅ……さあて、じゃあそろそろ、お二人のスケベなオマ〇コ、たっぷりと味わわせてもらうとするかな。ほら二人とも、お尻向けて並んで！」

ギンギンにペニスを立たせたMくんがそう命じ、私と真紀は言われたとおり、ベッドの上で身を伏せるようにして、お尻をMくんのほうに突き出しました。ベッドを降りたMくんのちょうど股間の高さに、私たち二人のアソコが横に並ぶような形です。

「よし、それじゃあ、まずは真紀さんのほうから……いきますよぉ！」

Mくんは言うなり、真紀のお尻をがっしりと摑んで、ペニスを挿入しました。パン、パン、パンと高らかに音を発しながらリズミカルにお尻を腰で打ちすえ、ズチャ、グチャ、ヌチャと淫靡な音を立てつつ、真紀の肉裂をえぐっていきます。

「ひあっ、はぁ……あああん～～～～！」

淫らに響き渡る真紀の嬌声を聞きながら、私ももうたまらなくなってしまいました。

（ああ、もう！　なんで真紀が先なの⁉　早く、早く私のオマ〇コにも突っ込んでぇ～～～～っ！）

自分でも驚くほど、心の叫びはあけすけでした。

もう、自分がレズビアンだという意識は捨てなくてはいけないのかもしれません。

「さ、今度は柳沢さん、いくよ！」

Mくんの声がそう言い、続いて待望の一撃が私のアソコを貫いてきました。熱い鋼鉄の塊で引き裂かれるようなその衝撃は、昂ぶりに昂ぶった私の性感を強烈に揺さぶり、燃えるような快感を注ぎ込んできました。

「あう、うう、んんっ……あひぃ、あああ〜〜〜〜っ！」

そうやって、Mくんは一〜二分突いては相手を替えてを繰り返し、最終的に三十分ちょっとくらいで果て、私と真紀はその間、幾度も絶頂を味わったのでした。

「ふう、お二人とも、とってもよかったですよ。じゃあ約束どおり、画像は消して差し上げますね……はい、これでOK！」

Mくんはそう言って処理後、まだ度重なる絶頂の余韻でグッタリしている私と真紀を置いて、身づくろいをして去っていきましたが、事態は収まったものの、代わりに私の中ではまた別の葛藤が渦巻き始めていました。

もう、女だけでも、男だけでも、私の欲望は満足できないものになってしまったのかもしれない……。

■兄の身もふたもない責め言葉に辱められながら、でも手を止めることはできず……

# 露出オナニーの快感に目覚めた忘れられないあの日

投稿者　山下理子（仮名）／21歳／大学生

普段、何食わぬ顔で、ごくごく普通の一般的女子大生として日々を送ってる私だけど、本当は密かにとんでもない変態だったりする。

ことの始まりはこう。

中学三年生の頃、私はオナニーの気持ちよさに目覚めてしまった。

高校受験というプレッシャーとストレスのせいもあったのかもしれない。

とにかく、暇さえあればオナニーしていた。

ごはんを食べて一息ついた時。

問題集をやっててつっかえてしまった時。

夜、なんとなく眠れない時。

……とにかく、ふっと間が空いた時には、とりあえずパンツの中に手を突っ込んでしまっていたあの頃。

そんなある日、私は風邪気味で学校を早退して、お昼過ぎには家に帰ってきてしまった。両親は共稼ぎで、一つ上の兄ももちろん学校に行ってて、いない。家には私一人だった。

ご飯を食べる気も起きず、とりあえずパジャマに着替えて自分の部屋のベッドに横になった。微熱があって、かすかに体が火照ってる。

ああ、こりゃちゃんと寝ないと治らないな……。

そう思って目を閉じるのだけど、なんだか全然眠れない。

そうなると、いつもの私の中の悪い虫が騒ぎ始める。

さわって。いじって。あそんで。

私はその虫たちのざわめきに応えるまま、ベッドに横たわったまま、右手を胸に、左手をアソコに伸ばしていった。

パジャマの上着のボタンをはずし、ブラを着けていない裸の胸に触れると、いつものようにゆっくりと乳房を揉み回していった。

あれ、最近また大きくなったのじゃないかな……。

そんなことを思いつつ、自分の柔らかな乳肉の感触を味わいながら、だんだん尖ってきた、まだ薄ピンク色の乳首を時折摘まんでこねくる。

「はぁっ……」

甘い痺れが走り、思わず軽く吐息が漏れてしまう。

同時に、パンツの中に突っ込まれた左手を蠢かし、まずは最上部にある肉の突起を指先で軽くさする。スリスリ、コネコネ……刺激でムクムクと膨らんできたそれを、今度は中指と親指の二本で摘まんでよじり回す。

「んっ……くぅ、ふぅ……」

だんだんジットリとぬかるんできたワレメに、指先を一本、二本、三本と沈めていくと、まるでワレメ自体が意思を持って引きずり込もうとしているような感覚に捉われてしまう。

「んはっ、はぁっ……くふ、んんっ……」

いつしか胸の右手と、アソコの左手の動きが同調し、そのリズムはだんだん速く、大きく激しくなって、乳房とアソコの恥肉を今にも壊れんばかりに揉みしだき、引っ掻き回して……。

ああ、もうすぐイキそう……と、思ったその瞬間だった。

あるはずのないものをそこに見てしまったのは。

なんと、部屋のドアが少し開けられ、その隙間から、じっと兄がこちらを覗いていたのだ。

「えっ、な、何で⁉　お、お兄ちゃん……⁉」

私は慌ててバタバタと居住まいを正し、逆ギレするかのように兄に向かって言った。

「ど、どうしてお兄ちゃんが今、いるの？　まだ学校のはずじゃあ……」

「あれ、言ってなかったっけ？　今日は高校の創立記念日で半どんだって」

ああ、そう言えば聞いた気が……私ったら、熱があるのと、オナニーすることで頭がいっぱいで、すっかり忘れてしまっていたらしい。

「それにしても、えらいところに帰ってきちゃったなあ。理子、目を閉じて夢中でオッパイとオマ○コいじってるおまえ、とんでもなくエロかったぜぇ？」

そう言う兄の顔は、それこそ意地悪く淫らに歪んだ笑みで醜くほころんでいた。

「あ〜あ、まだ中三だっていうのに、こんなんなっちゃって……おふくろたちが知ったら、さぞ悲しむだろうなぁ……」

こんなこと、私らぐらいの年代の女の子なら、みんなやってるよ！

と、言いたいのが本音だったけど、さすがにそこまで開き直ることはできない。

私は兄の顔を上目遣いに見やりながら言った。

「黙ってて……くれる？　お兄ちゃんのいうこと、なんでも聞くから……ね？」

他にどうにかしようがあるだろうか？

しばしニヤついていた兄だったが、こんなことを言いだした。

「そうだな……じゃあ、もう一回、俺の目の前でオナニーしてみてよ。そしたら、誰にも言わないって約束するよ」

「えっ、ええっ⁉　そ、そんな……恥ずかしいこと……」

「できないの？　それじゃあ仕方ないなあ。おふくろに……」

「わ、わかった！　するから！　だから、絶対に言わないで！」

追い詰められた私は、結局そう答えてしまった。

それを聞いた兄は嬉しそうにうなずくと、目で私に促してきた。

もうやるしかない。

私はベッドの背もたれに体を預け、再びパジャマの前を開けて、パンツの中に手を突っ込むと、両手を使ってオナニーを始めた。が、兄は、

「ほら、ちゃんとパンツも脱いで。脚を大きく広げて、オマ○コしっかり見えるようにやってくれないと！」

と言って、譲ってくれなかった。

仕方なく私は、顔から火の出るような羞恥心を抑え込みながら、言われたとおりに

下半身裸になり、剝き出しになったアソコを指でいじくり始めた。

「おお、すげぇな……ナマのオマ○コ、初めて見るぜ。うっわぁ、イヤラシイなあ、おい。おまえ、意外とビラビラが大きいんだな」

兄の身もふたもない責め言葉に辱められながら、でも手を止めることはできなかった。そこへさらに兄が顔を寄せてきて、間近に覗き込んでくる。

「ほら、もっと深く指を入れて、そう……何、三本入っちゃうの？　すげぇなぁ……ああ、だんだん濡れてきたぞ……いやいや、あっという間にグチャグチャじゃないか」

そう、自分でも信じられなかった。

死んでしまいたいような恥ずかしい様を凝視されて萎縮するどころか、私のカラダは逆に昂ぶり、淫らに反応してしまっていた。兄に見られれば見られるほど、どんどん快感が溢れてきて、どうにもたまらなくなってしまう。

「あはっ、はぁ、ふぅ……ううん、んくっ……」

「おお、すげぇ……すげぇよ、理子！　なんだか俺もガマンできなくなってきちゃったよぉ……」

兄も顔を上気させながら学生服のズボンを下ろし、ボクサーパンツを脱いで、勃起したペニスを手にすると、私と向き合ってマスターベーションを始めた。

そんな姿を見せつけられて、私もますます興奮してしまった。

胸の右手とアソコの左手が、ものすごい勢いで淫らに暴れまわり、ピンピンのドロドロに昂ぶり乱れて……兄自らの手で激しくしごかれたペニスが、パンパンに赤く膨張している様が目に飛び込んでくる。

「ああっ、お、お兄ちゃん……あ、あたし、もう……！」

「くうっ、理子……お、俺もぉっ……！」

そうして私は、兄がすごい勢いでザーメンを噴き出す様を見ながら、自分も激しくイキ果ててしまった。

正直、こんなに気持ちよかったのは初めての経験だった。

その後、意外と律儀な兄は約束を守って、このことを誰にも言うことはなかったが、逆に私のほうが引きずることになってしまった。

そう、誰かに見られながらオナニーする露出プレイの快感に目覚め、そうでないと満足できない性癖になってしまったのだ。

もちろん、今の彼氏ともそうやって愉しんでいる。

■私の肉襞を押しつぶすようにして侵入してきたそれは抜き差しの深度を増していき……

# 夫の裏切りにナンパSEXでやり返した私だったけど？

投稿者 川北真理子（仮名）／27歳／専業主婦

その日、私、夫とすごい大ゲンカしちゃって。

原因は夫の浮気。

最近、なんか様子が怪しいなぁって思って、夫がお風呂に入ってる隙にこっそりスマホを覗いてみたら、そこにはまんまと、浮気相手の女とのやりとりの痕跡が。

問い詰めたら、あっさりと認めやがって、私はもうブチギレ！

夫は家を飛び出していってしまい、一晩明けた翌日になっても帰ってこず、なんの音沙汰もなし。

私、もうムシャクシャしちゃって……じっとしていられなくなって、街へ繰り出したんです。精いっぱい、おしゃれを盛って。

そう、絶対に私だって男遊びして仕返ししてやるんだって誓って。

これでも結婚するまでは、けっこうもてて、言い寄ってくる男はたくさんいたんです。自分でも顔はまあまあ、カラダも胸はFカップあって、その気になればそれなりの自信がありました。でも、結婚したからには貞淑を守って、夫一筋でって思ってたんです。それなのに……。

そう、結婚後初めて、よその男に抱かれようと心に決めたというわけです。

すると早速、最初の一人が声をかけてきました。でも、見るからにチャラい兄ちゃんで、おととい来やがれって感じで却下。

二人目も、今度は逆になんかオタククさいヤツで、これも対象外。

そして三人目。おっ！　と思いました。

年の頃は三十代後半くらい。これ見よがしじゃなく、高級な服をさりげなく着こなした、なかなかダンディなイケ中年で、ちょっと俳優の椎名○平に似た雰囲気がありました。その人は三田村と名乗り、見た目どおりにスマートに声をかけてきて、まずは近くにあったカフェでお茶をすることになりました。

仕事は、個人で外国から雑貨輸入をしているという彼は、海外渡航経験も豊富で世界各地で体験した面白い話を軽妙に語ってくれて、とっても楽しませてくれました。

私たちは意気投合し、その時もう時刻は夕方の六時頃になっていたので、夕食に行こうということになりました。

彼が連れていってくれたのは、やっぱりおしゃれで品のいい、そしてもちろん料理もおいしい、とってもステキなお店でした。相変わらず会話はどんどん弾み、私たちはワインを酌み交わしながら、気心を許し合っていったんです。

気がつくと、時刻は九時近くになっていました。

「さあ、このあとどうしようか?」

彼の問いかけに、私は上目遣いで見返しながら、こう答えていました。

「三田村さんにお任せするわ。もっともっと、楽しませてくれるんでしょ?」

彼の返事は、満面の笑みでした。

それから私たちは、この界隈でも一番グレードの高いシティホテルにチェックインしました。前から一度泊まってみたいと思っていたところです。

「シャワー、お先にどうぞ」

彼にそう促され、私はバスルームに入りました。ワインの酔いはほぼ醒めかかっていました。でも、今ではアルコールの影響とはまた別の火照りを体に感じつつありました。

(ああ、いよいよ私、夫とは別の男とセックスするんだわ……)

思わず体を洗う手にも力が入ってしまいます。

体を拭いて出てくると、入れ違いに彼が入り、それから五分ほど、私は先にベッドの上で彼のことを待ちました。

そして、バスローブで体を隠すことなく全裸でベッドに向かってきた彼は、私の耳朶に唇を寄せながら、こう囁いてきたんです。

「こんなに素敵な君を裏切るようなダンナのことなんか、僕が忘れさせてあげるよ」

耳朶がカーッと熱くなり、甘く痺れるようなゾクゾク感が全身を震わせました。

彼は私の上に覆いかぶさってくると、じっと目を見つめたあと、最初は軽くついばむように、でも次第に激しくむさぼるようにキスをしてきました。

唇を割って入ってきた彼の舌は、口内中を隅から隅まで、歯茎の裏側まで舐め回し、私の舌をとらえ絡みつくと、ジュルジュルといやらしい音を立てながら吸い搾ってきました。混ざり合ったお互いの唾液がどっと溢れ出し、ダラダラと口のまわりを濡らし汚していきます。

「あう……はぁ、はふ、んはぁぁ……」

夫はもちろん、これまでつきあったどの相手からも、こんな濃厚なキスを受けたことはなく、私はそのあまりの陶酔感にトロトロに蕩けきってしまいました。

そうしながら、彼は私の胸をまさぐってきました。

まずは乳房全体をやさしく包み込むように手のひらで覆い、ゆっくり、大きく揉み回してきます。心地よいさざめきが私の上半身に広がっていき、キスの陶酔と呼応し合うように、さらなる快感を生んでいきます。

「んはっ……はぁ、ぁああっ……くふぅ……」

だんだんと胸の揉みしだきが荒々しくなっていき、押し寄せてくる快感も熱く鋭いものに変わってきました。そして同時に、彼は私の乳首にも新たな責めを加えてきました。

乳房を揉みしだきつつ、乳首を摘まんでキュ～ッとしごき上げるようにしてきて……そしてその先端を舌で舐め、唇でチュウチュウと吸ってきて！

「あひっ！　……はぁ、あはぁっ……いいっ、いいのぉ！」

「ほら、乳首こんなにパンパンに張り詰めちゃって、もう爆発しちゃいそうだ」

そんなことを言いながら、彼がさらに激しく吸って……噛んでくるものだから、私はもう気持ちよすぎて気が狂っちゃうかと思ってしまうほどでした。

「さあ、それじゃあそろそろこっちのほうも……」

彼はついに私の股間に触れてきて、もちろんもう恥ずかしいくらいに濡れまくっているソコに指を入れてくると、グチョグチョとわざと大きな音を立てながら掻き回してきました。

「んはあっ、はっ、はぁ……あふぅん……」

「おお、すごいねぇ、ドロドロに熟れきって、僕の指を溶かしちゃいそうなくらい熱くなってるよ」

「ああん、そんなこと……言わないでぇ……はぁっ……」

彼の巧みな言葉責めが、さらに私の性感を昂ぶらせていきます。

そうやって彼はさんざん掻き回したあと、体をずり下げていくと、今度は口でアソコに触れてきてくれました。クリトリスを舌でつつき回し、転がし、吸い……ニュルリと伸ばすとワレメの中に突っ込んできて、ズリュズリュと内部を舐め回し、えぐり吸ってきました。

私はもう、たまらなくなってしまって、

「あああん、私も……私も三田村さんのオチン○ン、舐めたいっ！」

そう叫ぶと、ガバッと身を起こして、自分から彼の股間にすがりついていました。

さっきちらっと見た時の彼のペニスは、まだ皮をかぶって小さく、正直少しがっかりした私でしたが、今やびっくりするくらいに大きくそそり立ち、赤黒い亀頭が大きく剝き出しになっています。

私はそれを咥え込むと、無我夢中でしゃぶりました。

正直あまりテクニックには自信がなかったのですが、彼のペニスは感応してくれて、さらに硬さと大きさを増したように思いました。

「うん、いいよ、とってもいい気持ちだ……ねぇ、お互いに舐め合いっこしようよ」

彼はそう言うと、私たちはシックスナインの格好になって、お互いの性器をむさぼり合いました。二人とも、まるで飢えた野獣です。

「はぁ……ああ、そろそろ僕のほうも、いっぱいいっぱいになってきちゃったよ。君のこの可愛いオマ〇コに、チン〇ン、入れさせてもらってもいいかな?」

彼は息を喘がせながらそう言い、私はもちろん、

「私も！　私も三田村さんのチン〇ン、オマ〇コに欲しいっ！　きてきてぇっ！」

と叫んでいました。

彼は律儀にコンドームを装着すると、いよいよそのいきり立ったペニスを正常位で私の中に挿入してきました。

ヌプ、ズブ、グププ……私の肉襞を押しつぶすようにして侵入してきたそれは、徐々に抜き差しのスピードと深度を上げていき、私のカラダをこれでもかと貫き、揺さぶってきました。

「あぁああぁあっ、あん、あん、あん……いい、いいわ、感じる〜〜〜〜っ！」

「はっ、はっ、はっ、くうぅぅぅっ……！」

がぜん、ピストンの勢いが増したかと思ったその瞬間、彼は一声大きく唸ると、ビクビクッと全身を震わせ、私の体に叩きつけるように射精していました。

同時に私も大きなオーガズムを感じ、なんとも言えない幸福感に包まれていました。

本当に求め、求められながら交わすセックスって、なんて素晴らしいんだろうと思いながら……。

翌日、私はちゃんと夫と向き合って、夫婦の今後について真剣に話し合いました。

そして和解し、夫も浮気相手と別れることを約束してくれました。

たとえどんなに気持ちよくても、そこに本当の愛がなければ、それはまやかしにしか過ぎないと思うんです。

■私の愛撫に反応した彼のアレが、ズボンの中で熱く硬くなって己の存在を主張して……■

# 上司からの叱責の腹いせは満員電車での痴女行為

投稿者 夏目さゆり（仮名）／31歳／公務員

なぜあんなことをしてしまったのか、自分でもよくわかりません。

ただ、前日に上司に理不尽なことで激しく叱責されて、そのことがずっと心の中にどんよりとわだかまっていたのは確かで……その腹いせまぎれにやってしまったのだと思います。

その証拠に、通勤電車の中で私が無意識のうちに痴女行為をしてしまった相手は、今思い返すと、どことなくその上司に似ていたように思うのです。

彼は、車両と車両の間の連結部のドアに寄りかかるようにして、スマホをいじっていました。今や当たり前の光景ですが、その周りの誰もが自分のスマホの画面に夢中で、誰も他の乗客のことなど気にもしていないようでした。

私は何食わぬ顔で彼の背後に立つと、そのぴったりとしたスーツのズボンに包まれた、引き締まったお尻に触れました。この人も私の上司と同じように、スポーツか何かでそれなりに体を鍛えているようでした。

私は指を動かし、彼の尻タブのラインに沿って円を描くように撫で回し始めました。

さすがの彼も怪訝に感じたようで、後ろを振り向いて私のほうを見てきました。目が合いましたが、私は怯むことなく相手の目を見つめ返しました。

彼の目が驚きに大きく見開かれます。

それはそうでしょう。自分よりも優に十五センチは背が低い小柄な、しかもいかにも地味なスーツに身を包んだ、眼鏡をかけた真面目そうな女が、平然と尻を撫で回しているのですから。

私はむしろ、ニコッと笑みを返してやりました。

そして、さらに痴女行為をエスカレートさせると、指を彼のお尻の割れ目に沿って行き来させ始めました。

彼の顔に、怒ったような、困ったような、恥ずかしがっているような、えも言われぬ表情が浮かび、満員電車の人いきれの中で必死で体をもがかせて、私の手から逃れようとしています。

もちろん、そんなの無駄なあがきでした。

私はいとも簡単に、彼に密着したまま体をその前面に回り込ませると、吐息が感じられるほど間近に顔を寄せました。そして、彼の顔を上目遣いに見やりながら、Ｙシャツの上から見当をつけて、乳首の辺りを撫でさすってあげました。

ビンゴ。

私の指は見事に彼の乳首をとらえていて、その突起をコリコリと指の腹で転がしてやると、途端にピクピクと反応し、硬くしこってくるのがわかりました。

念のため、もう一度周囲を窺ってみましたが、相変わらずこちらに注意を向けている乗客はおらず、私は安心して次の行為……その立ち上がった乳首をＹシャツの上から口で刺激し始めたのです。

舌を伸ばしてチロチロと舐め、唇でチュウチュウと吸い、歯で軽く噛んであげて……もちろん、空いている反対側の乳首も指先でコリコリ、ツネツネといじくり刺激してあげます。

彼の息遣いがだんだん荒くなってきました。

そして、私のお腹の辺り……そう、ちょうど彼の股間が当たっているところに、何やら違和感を感じました。

もちろん、私の愛撫に反応した彼のアレが、ズボンの中で熱く硬くなって、己の存在を主張していたのです。

私は、彼の乳首を責め立てたまま、身をきつくギュ～ッと押し付け、くねくねと全身をよじらせて、股間を刺激してあげました。すると、その存在感に私の肉体のほうも反応してしまい、ジンジンとアソコが疼き、じわ～っと愛液が分泌してくるのがわかりました。

私は両手を下げて彼のズボンのファスナーを下ろし、ごそごそと中の下着の前部分をまさぐると、すっかり勃起したアレを引っ張り出しました。そして右手で亀頭部分をこね回しながら、左手で上下にしごいてやったのです。

うううう……と、彼の低い呻き声が漏れました。

彼のほうも手を伸ばして、私の胸とアソコに触れてこようとしましたが、胸はいいとして、下のほうは拒絶してやりました。簡単に触れると思うなよ、っていうところです。

彼は仕方なく、スーツの上から私の左右の乳房を揉んできて、私はそのライトタッチな快感に身を浸しながらも、完全に気をやることなく、彼のアレへの痴女行為をエスカレートさせていきました。

私の指に責め立てられて、彼のアレの先端が、滲み出した粘液でヌルヌルと濡れてきています。私がしごくたびに、ヌッチュ、グッチュ……と、恥ずかしい音が聞こえましたが、幸い、ガタンゴトンと揺れる電車の振動音のおかげで、周りの人たちにまでは聞こえないようです。

うっ、くぅ、んぐ……。

彼の呻き声が高く上ずってきて、手の中の膨張具合で、いよいよフィニッシュが近いことがわかりました。

私は最後の力を込めてしごき立てました。

ズッチャ、ヌッチャ、グッチャ……ああ、もう出そうです。

その瞬間、私はソレを彼の下着の中にぐいっと戻し、そこで思いっきり射精させてやりました。

彼はフィニッシュの快感と同時に、思いがけない展開に驚愕し、えも言われぬ表情を浮かべていました。

次の駅で降車した私は、なんとも心が軽くなったような晴れやかな気分に包まれていたのです。

あ〜、楽しかった！

# 第二章
# したたる新鮮快感

■私のマ○コをレロレロ舐め回しながら、ダンナさんの喘ぎもどんどん昂ぶって……

# 初めてのスワッピング体験で失神寸前エクスタシー！

投稿者 牧原しのぶ（仮名）／33歳／専業主婦

なんか最近、ダンナとのエッチも全然盛り上がらなくて、つまんないなーって思ってたのよね。そしたら、ダンナのほうでも敏感にそのことを察したのか、ある日いきなりこんなことを言ってきたわけ。

「あのさ、一回スワッピング（夫婦交歓）ってやってみたくない？　俺、前から興味あったんだよね〜……きっと刺激的だと思うんだ」

ええっ、スワッピングゥ？

それって、夫婦でお互いのパートナーを取り替えてエッチするってやつよねえ？

正直、ふつうに不倫とかはちょっと考えたことあるけど、それはなかったな〜。

う〜んと……まあ、相手によるかなあ？

そう答えると、ダンナは、

「ほらほら、この夫婦なんだけどさ」

と言って、スマホの画面を見せてきた。

そしたら、これがなんとイケメンのいけてるダンナさんじゃないのー！　まあ、奥さんのほうもなかなかの美人で、うむむ、うちのダンナってばそういうことかーって思ったけど、これはもうお互いさまよね？

私は「うん、いいよ」って返事してた。

次の週の土曜日の夜、私たち夫婦と先方は待ち合わせて、まずはお酒を飲みながら一緒に晩ごはんを食べた。最初は少しぎこちなかったけど、アルコールが回って気分がほぐれてくると、だんだんと双方の会話も滑らかになってきて。だいぶ打ち解けてきた。向こうのダンナさんはうちのダンナの会社の取引先の人で、仕事がらみで一緒に飲んだ時にすぐさま意気投合、ぶっちゃけた話をしてるうちに、とんとん拍子で今回の流れになっちゃったらしいの。

「今日はとっても楽しみにしてるんです。しのぶさん、よろしくお願いしますね」

向こうの奥さんはそう言って妖艶に微笑んでくれたけど、ふーん、うちのダンナなんかでそんなに楽しみにしてもらって、なんか申し訳ないなー、みたいな。

そして、そのあと夜の九時頃、私たち四人はとあるマンションの一室に。なんでも向こうのダンナさんの会社が社宅用に借り上げてる部屋で、今は空き室になっているらしい。なるほど、もってこいの場所があったものね。

まず私たちは、それぞれの夫婦ごとで浴室に行き、シャワーを浴びて体をきれいに洗った。そして、皆で満を持して大きなダブルベッドの上に上がった。

最初はオーソドックスに、お互いの妻たちが寝そべって、そこに別々のダンナが覆いかぶさっていった。当然、私の真上には向こうのダンナさんの顔が。

「唇にキスしてもいいですか？」

「え……ええ、もちろん」

私はそう答え、彼のキスを唇で受け入れた。

そう言えば最近、うちのダンナはムードもへったくれもなく、キスなんてすっ飛ばして、すぐ入れようとするものだから、久々のキスはなんだかとってもドキドキした。

「はぁ、ああ……んんん……」

彼の舌遣いはとっても繊細かつ濃厚で、それだけで私は思わずとろけそうな快感を感じてしまった。

ふと隣りを見てみると、なんとうちのダンナも向こうの奥さんにキスしてるじゃないの。何よ、私とはもうその気が起きなかったってこと？　失礼しちゃうわ。

とか、ちょっと複雑な気分の私だったけど、向こうのダンナさんがガンガン責めてくるもんだから、すぐにそれどころじゃなくなっちゃった。

ダンナさんの舌がニュロニュロとからみつくように乳首を舐めしゃぶってきて、その怪しい軟体動物のようなのたくりに、私の性感はもうビンビン状態！

「あはぁん……いい、いいわぁ……くふぅ……」

「う〜ん、とっても甘くて、美味しいオッパイだ……こんなにサクランボみたいにぷっくりと膨らんで……最高だよ」

そう言うダンナさんのペニスも、もうすでにかなりの勃起状態で、私の体の上でプラプラと揺れながら、時折肌に触れてくる。とっても熱くて硬い……。

「ああ、私ももうたまらないですぅ……一緒に舐め合いっこしましょ！」

私は体を起こすと、ダンナさんを押し倒すようにしてシックスナイン状態になだれ込んでいったわ。

うちのダンナたちはというと、向こうの奥さんが大の字になったダンナの股間にうずくまって一生懸命、口で奉仕していて……あの野郎、偉そうにしちゃって！　でも、最近、私相手であんなに大きくなったところなんて見たことなかったなあ……なんて、少し寂しい気持ちになっちゃった……。

ええい、くそ！　こうなったら、向こうに負けないくらい気持ちよくなって、イキまくってやるんだから！

私は気を取り直すと、一心不乱にダンナさんのペニスを吸いしゃぶり、タマも袋ごと口に含んで思いっきり啜り搾ってあげたわ。

「う、うう……す、すごい、奥さん……そんなに激しくされたら、もう……」

私のマ〇コをレロレロ舐め回しながら、ダンナさんの喘ぎもどんどん昂ぶっていって……私たちってばもう、お互いが溢れさせた淫らな体液で、それぞれの顔をグチャグチャのドロドロに汚しちゃってた。

「ああっ、もうダメ……ねえ、きて！　オチン〇ン、私のオマ〇コの奥深くまで突っ込んでぇっ！」

「ああ、今いくよ、奥さん！　さあ……ほらっ！」

そのペニスは太さはうちのダンナのとそれほど変わらないけど、長さは段違いで、私のアソコの奥深くまでズンズンと貫いてきた。

「ああああ〜っ、すご……奥まできてるぅ〜〜〜っ！」

「くうっ、奥さんのここも、すごい締め付けだぁっ！」

がっちりと合体し、昂ぶる一方の私たち。

向こうはというと、四つん這いになった奥さんをうちのダンナがバックからガツン、ガツン突きまくっている。

「ああん、あん、あん、あん……いいいいいい～～～～～～っ！」

髪を振り乱してよがる奥さん。

……私だって！

向こうのダンナさんの腰を両脚でしっかりと挟み込み、その激しいピストンをさらに奥の奥まで感じて……ああ、きた……きた……。

「イ、イク……イクのぉぉぉっ！」

「くうっ、お、奥さんっ！」

ダンナさんの射精を膣奥で受け入れながら、もう、失神するかと思うくらい感じまくっちゃった。

うちのダンナは……あ、奥さんの背中に膣外射精してる。

そう、ああ見えてけっこうきちんとしてるのよねえ。

とまあ、初めてのスワッピング体験は、まずまず性交……じゃない、成功といったところかな。

■二人の乳首がヌルヌルと押し合いへし合いしながら、信じられない快感を煽り立て……

# 筋肉美人のバイトの後輩にレズ誘惑されて！

投稿者 新井さやか（仮名）／24歳／アルバイト

今のイタリアン・バルでアルバイトを始めて一年ほどになります。

つい最近、一つ年下の新しいアルバイトの女の子が入ってきて、真美ちゃんというんだけど、お互いにK-POP好きということで話が合い、すぐに仲良くなりました。

そして、二人とも大好きな韓流アイドルのライブが東京で開催されることになり、一緒に泊まりがけで行くことになったんです。

ライブはもう最高で、私も真美ちゃんももう大盛り上がり！　二人とも歌い、踊り狂い、大汗かいてもうヘロヘロ状態になるまで燃焼しちゃいました。

そのあと、宿泊先のホテルに着いたのは夜の十時すぎでした。

あまりお金もないので、部屋もツインではなくダブルで、大きめの一つのベッドで二人が寝ることになります。

近くのコンビニで買い込んできたサンドイッチやパスタなんかの夜食を食べたあと、

私が先にバスルームに入りました。

とはいっても、大概疲れているので浴槽にお湯を張ることなく、シャワーだけで済まそうと、服を脱ぎ、熱いお湯を浴び始めました。

その時です。

真美ちゃんがいきなり乱入してきたのは。

「ちょ、ちょっと、真美ちゃん！　何やって……⁉」

私は手で体を覆って隠そうとしながら、そう言って彼女を非難しかけましたが、

「へへっ、いいじゃない！　アタシとさやかさんの仲なんだからぁ」

と言い、まったく悪びれるふうもありません。

私は、たとえ同性といえども裸を見られることに抵抗を感じてしまうほうだけど、彼女は逆であけっぴろげな性格なんだなぁ……そう思いましたが、実はそうではありませんでした。

「ふふ、きれいなオッパイ！　アタシ、ずっと触りたかったんだ！」

真美ちゃんは嬉しそうにそう言いながら、私の乳房に手を伸ばしてきたんです。

「！　……や、やだ、やめてよ！」

ええっ、真美ちゃんってそーゆー人だったの⁉

私は想像だにしない展開にうろたえ、身をよじって彼女の手から逃れようとしたのですが、なにしろ狭い室内です。すぐに壁際に追い込まれてしまい、しかも、彼女のほうが大柄なものだから（彼女は身長が一七十センチ、私は一六十センチです）たやすく捕まってしまいました。

「ああ～ん、ほら、モチモチのポヨポヨ！　まるでつきたてのお餅みたい！　アタシってばずっと水泳やってて体も筋肉質で、胸も固めだから、さやかさんみたいないかにも女の子っていう柔らかいカラダに憧れてたんだあ」

などと言い、私を壁に押しつけて動きを封じながら、モニュモニュと乳房を揉みまくってきます。頭上から降り注ぐシャワーのお湯を浴びながら、私たちはずぶ濡れでからみ合っている格好です。

「はぁ、はぁ、はぁ……ああん、さやかさぁん……！」

真美ちゃんはますます興奮度を上げながら私のカラダを抱きしめてきて、彼女が自分で言ったとおりの、女性にしては見事に筋肉質なボディの圧力をかけてきました。するとと、最初はこの女同士の接触に抵抗を感じていたはずの私の身中に、なんとも言いようのない感覚が湧き上がってきたんです。

ああ、どうしよう……なんだかすっごいキモチいい……なんで女同士なのにこんなに感じちゃうのぉ？

一口に筋肉質とは言っても、武骨な男のそれとは違って、真美ちゃんのカラダはたくましさの中にも女性ならではの滑らかさがあり、その独特のセクシーな感触が絶妙の快美感を醸し出していたんだと思います。

「ああ、ほら、さやかさんの乳首もこんなに硬くなってきたぁ……うふふ」

真美ちゃんは淫靡な笑みを浮かべながらそう言うと、自分の乳首をそこにグニュリと押し付けてきました。二人の乳首がヌルヌルと押し合いへし合いしながら、信じられない快感を煽り立ててきます。

「あふぅ……ん、んんっ……！」

「ああ、さやかさん、さやかさぁん……！」

すっかり昂ぶってしまった私たちは、お互いの肉体をまさぐり合いながら、むさぼるように舌をからませてキスしていました。開いた口からシャワーのお湯が流れ込んできますが、そんなのまったく気になりません。

「んじゅぶ、はぶ、んあっ……」

「ぶあっ、んぬぶぅ、ぬじゅぷぅ……」

頭の芯が灼けつくような陶酔感の中で、さらに私たちはお互いのアソコに指を突っ込んで抜き差しし合いながら、立ったまま二度、三度とイッてしまったのです。

それから、濡れた体を満足に拭かないまま、私たちはベッドへと転がり込みました。

「はぁはぁ、さやかさん……もっともっと、女同士の気持ちよさを味わわせてあげるね。さあ、脚を大きく開いて」

真美ちゃんはそう言って、ベッドに寝そべった私の股間をガバッと左右に割ると、顔を突っ込んで、アソコを舐め始めました。煌々と灯った明るい照明の下で女性器をもろに見られるのはちょっと恥ずかしかったけど、そんな感情もほんの一瞬でした。真美ちゃんの巧みな舌遣いに翻弄されて、そのあまりの快感に頭が真っ白になってしまったからです。

「あひっ、はぁ……ああん、いい、いいのぉ！　ま、真美ちゃん、すごいぃ……か、感じるぅ……はあぁぁあっ！」

「んじゅ、ぬぷ、ぺちょ、ふばぁ……ああ、さやかさんのオマ〇コ、とっても美味しいわぁ！　お汁がほんとに甘くてぇっ！」

そうやってさんざん可愛がられたあと、何をするかと思えば、真美ちゃんは自分のバッグからなんだか怪しげなものを取り出してきました。

それは両端が挿入できるようになった双頭のバイブレーターでした。

なんと、彼女は私をものにするため、計画的にちゃんとこんなグッズを用意してきていたんです！

「さあ、一緒に楽しみましょう？　ん……んんぅっ！」

「はぁ、ああっ……！」

真美ちゃんは、まず双頭バイブの片方を私のアソコに突き入れると、もう片方を自分の中に沈め、ゆっくりと体を揺らし始めました。

ヌッチョ、グッチョ、ズチュ、ブチャァ……双方のアソコが淫らすぎる音をあられもなく発しながら、私たちはさらなるディープな快感をむさぼり合い、お互いにまた幾度となく絶頂を味わったのです。

この日を境に、私と真美ちゃんは密かにレズフレ関係になりました。

あ、私、一応カレシもいるんですけど、まあ、それとこれとは別腹ということで……とっても充実したHライフを送ってまーす！

■打ち寄せる波のように快感のバイブレーションが次から次へと私の全身に……

# 就職の最終試験はベッドの中で濃厚かつ執拗に

投稿者 森口美玲（仮）／21歳／大学生

いよいよ就職活動も大詰めでしたが、私は大ピンチでした。

志望する金融関係の企業に三十社はエントリーシートを出したのですが、結果、ものの見事に全滅。こりゃいよいよ就職浪人か？　と半ばあきらめの心境にもなろうというものです。

そんな時、前年に某中堅銀行に就職した先輩がこんな話を持ってきてくれました。

「うちの上司に、私の後輩ですごく優秀で性格のいい子がいるんだけどって言ったら、興味を示してくれて……会ってみて、よさそうだったら採ってあげてもいいよって。ね、どうする？」

いや、どうするもこうするも、私としてはもう願ったり叶ったりです。

即、話を通してもらったのですが、その面接場所に指定されたのは、意外なことに会社ではなく、とあるホテルのロビーでした。

さすがに不審に思いながらも、約束の時間に向かいました。すると、待っていたのは五十歳ぐらいに見える、上等そうなスーツを着こなしたイケ中年男性でした。

「やあ、初めまして。こんな場所で面接だなんて、引かれちゃったかな？　ごめんね、社内で適当な場所を確保できなかったものだから、急遽近場のここでやらせてもらうことにしたんだ。森口さんも話は早いほうがいいだろ？」

彼は山崎さんといい、先輩の部署の『部長心得』という役職の人でしたが、物腰も柔らかく、私はとても好印象を覚えました。

コーヒーを飲みながら小一時間、質疑応答し、その間に私が受けた印象としては、（これはかなり好感触なのでは？）という感じでした。すると、山崎さんのほうも、

「うん、とてもよくあなたの人となりがわかったように思います。木本くん（先輩のことです）が言ったとおり、かなり優秀な人材みたいだ」

私は思わず心の中でガッツポーズをとりました。

が、次に出てきた山崎さんの言葉は意外なものだったのです。

「でも、まだ足りない。一番大事なのは、上司である私とあなたの相性だからね。さあ、これからそれを確かめるとしましょうか。上に部屋をとってある。もしイヤなら、今すぐ帰ってもいいよ。でもその代わり、今回の話はなかったことに……」

思わぬ展開に、私の頭の中は一瞬真っ白になり、そのあと、猛スピードで困惑と葛藤が駆け巡りました。

(どうする、私⁉)

でも、現実問題として選択肢は一つしかないように思われました。

この銀行以上にいい就職先は、そうそうあるものではなく、もちろん就職浪人なんかイヤです。しかもなんと私、山崎さんにになら抱かれてもいいかもって、正直思ってしまっていたのです。

今までつきあったことのある男性は皆同年代ばかりで、自分の父親ほどの年齢の相手とは一度も経験がなく、一体どんなエッチをしてくれるんだろう……？

そんなことを思うと、むしろカラダが少し火照ってしまうくらいでした。

「うん、じゃあ上がろうか」

私の様子から言葉にせずとも返事を読み取った山崎さんはそう言って、喫茶のお勘定を済ますと、そそくさとエレベーターのほうへと歩いていきました。私は急ぎ足でそのあとを追い、開いた扉の中へと駆け込んだのです。

部屋に入りシャワーを浴びさせられると、すでにスーツを脱いでバスローブ姿になった山崎さんが、ベッドの上で待ち構えていました。

「さあ、怖がらなくていいよ。これはあくまで就職のための最終面談……ならぬ最終体談（たいだん）だ。お互いの相性を確かめるためのものだから、事務的にてきぱきいこう。いいね？」

事務的にって……よくわからないんですけど。それとも、山崎さんはもう何度もこのようなことをしてるってことなのでしょうか？

私の困惑をよそに、彼は私の手をとってベッドに招き入れると、バスローブを脱いで、私たちは全裸で抱き合いました。

山崎さんの唇が、私のそれをふさいできました。

私はてっきり、これまでの若い男の子たちと同じように、それがセックス本番に至るまでのただのおざなりな手順のようなものかと思いきや、山崎さんのキスは一味も二味も違いました。

まるでそれだけで私をイかそうとでもいうように、それはそれはネットリと濃厚かつ執拗で、舌を幾度も幾度も吸いまさぐり、口内中を何度も何度も舐めしゃぶり回し、マジそれだけで、私は昇り詰めてしまいそうでした。

「はう、はぁ、んあ……っくぅ、ううん……」

そんな私の性感の昂ぶりのタイミングを見計らったかのように、山崎さんは同時に手を乳房に伸ばし、まるでキスのリズムと合わせるかのように一定の強弱で揉みしだいてきました。そのめくるめくようなエクスタシーときたら……！

「んひっ、うぶっ……んぐふぅ、くはあぁっ……！」

打ち寄せる波のように快感のバイブレーションが次から次へと私の全身に襲いかかり、貫き、なんと本当に私はキスと乳房への愛撫だけで一度目の絶頂を迎えてしまったのです。こんなの生まれて初めての経験でした。

「ふふふ、イッたみたいだね。どうやら相性はまずまずのようだが……うむ、もうちょっと進めてみないと、本当のところはわからないな」

ファースト・オーガズムの余韻でまだ息を喘がせている私に向かってそう言うと、山崎さんは体を下のほうにずり下げていき、今度は私の一番敏感な部分を口でとらえ、愛戯を振るい始めました。

山崎さんの髭の剃り残しがチクチクと私の土手に当たり、その刺激がまたえも言われぬスパイスになりながら、舌が肉襞をえぐってくる快感をこれでもかと盛り立ててきて、私の中でいくつもの官能の白い火花が飛び散るかのようでした。

「はひっ、ひぃ、んあああああっ……い、いいいいいいっ！」

「んじゅぷ、ぬぷ、じゅるるっ……ぷはぁっ、ああ、いいよ！　ものすごく私の好きな味だ！　このちょっと苦みのある甘さがたまらんっ！」

山崎さんは本当に嬉しそうにそう言うと、今度は私の体を起こしてひざまずかせ、自分のペニスを舐めるように言いました。

私、正直あまりフェラが得意ではありませんでしたが、今や気持ちと性感はものすごく昂ぶっていたので、その勢いのままにしゃぶりつき、拙いテクニックながら一生懸命に舐めました。

すると、その真摯さが通じたのだと思います。

山崎さんは、

「うううううん、最高、最高だよ！　きみのフェラには心がこもってる！　私は……いや、わが行はそういう人材を求めていたんだ……採用！」

最後に一声そう叫ぶと、私の体を持って軽々とひっくり返し、四つん這いになったバックから深々と勃起したペニスを突き入れてきました。

「ああっ……ひっ、ひぃぃ……んはあぁっ！」

その挿入もまた、若い男の子たちのような勢いにだけ任せたものではなく、突きまくるところと引くところ、その阿吽（あうん）の呼吸を巧みにコントロールしたもので、私は易々とさらなる絶頂へと押し上げられてしまうのです。

「ああっ、きみの中……まるで吸いつくみたいに私のモノを締め付けてきて……最高の肉壺だよ！　ううっ、やばいな……私ももう、出てしまいそうだ……」

「あはっ、きて……私の中に思いっきりきてくださぁい！」

山崎さんの喘ぎにかぶせるように私はそう求め、それに応えるかのように彼の腰の抽送はスピードを上げてきました。

そして、

「ああっ、もう、もう……出すよ……いいかい⁉」

「は、はい……私も……イ、イクゥッ！」

二人同時にクライマックスに達していました。

後日、私は晴れて内定の通知をいただきました。

立派な銀行員となるべく、春からは精一杯がんばるつもりです。

■Tは向かい合わせになるように自分の膝の上に私を跨り座らせ、下からペニスを……

# 社員旅行バス内エッチの掟破りエクスタシー

投稿者　坂下優菜（仮名）／29歳／OL

小さな食品メーカーに勤めています。結婚していて、三歳の娘もいます。

でも一方で、同じ歳の同僚男性Tと不倫してます。彼のほうも奥さんがいるので、いわゆるダブル不倫っていうやつですね。

夫には申し訳ないとは思うのですが、セックスがあまり強くない彼と違って、Tはとにかく精力絶倫！　彼じゃないと私のカラダが満足しないものだから、これはもう仕方ないと思うんです。女はやっぱり自分の欲求に正直に生きないとね。

そんなある時、社員旅行に行くことになりました。

まあ、あまり余裕のない会社なもので、深夜バス内で一泊しての温泉旅行という、なんとも慌ただしいものではありましたが、せっかくの福利厚生ということで、私も参加することにしたんです。

すると、運のいいことに私とTが隣り同士の席になったんです。しかも一番後ろの席ということで、周囲の目が一番少なく、おイタするには最適のシチュエーション！

昼過ぎに会社前をバスで出発し、車内で配布されたお弁当の夕食を済ませた皆はいい感じでお腹もいっぱいになり、バスが走行する揺れに身を任せる形でいい気持ちで次々に就寝していきました。

一番後ろの席で並んで座り、私とTは虎視眈々とおイタのタイミングを見計らっていました。もちろんそれまで、周りの目を盗んでお互いの体に軽くタッチし合っては、じわじわと愉しんではいたのですが、それではやはり不完全燃焼。もっと大胆なプレイがしたくなるというものです。

そして夜の十二時近く、それまでチラホラと点いていた読書灯の小さな明かりもついにすべて消え、いよいよ運転手以外の皆が寝静まったようでした。

待ちに待った時がついにやってきたのです。

ほぼ暗闇の中、私とTは行動を開始しました。

お互いの服のボタンを外し、裾をはだけ、まくり、体に触れやすいようにします。開かれた私のブラウスの前からTの手が侵入し、ゴソゴソとブラのホックを外すと上側にずらし上げ、胸を露出させてきました。暗闇の中にほんのりと私の白い乳房の丸みが浮き上がり、Tはゆっくりと全体を揉みしだきながら、舌を伸ばして乳首を舐め上げてきます。

「んんっ……くふぅ……」

「だめだめ、そんな声あげたら皆を起こしちゃうよ。声抑えて」

「ああん、そんなこと言ったってぇ……」

Tは口では私の昂ぶりをいさめながら、行動は真逆。ますます激しく乳首を舐め上げ、吸いしゃぶってきて、責め度を上げてくるんです。

「んんっ、はっ……あふっ、ううん……」

こっちだって負けてられるかと、私も彼のズボンのジッパーを下ろして引きずり出したペニスを責め立てます。

親指と人差し指で作った輪っかで、亀頭のくびれをよじるようにして締め上げ、そのまま竿のほうも上下にしごき立ててやります。もう片方の手で玉袋もコリコリと弄んであげることも忘れません。

「あっく……ううっ……」

「うふふ、そっちだってそんな声出してさ……ほらほら、なんか先端が濡れてきたよ？　イッちゃいそうなんじゃないの？　ん？」

イジワルそうに言葉責めする私でしたが、正直、こっちだってかなり、いっぱいいいっぱいです。Tのほうも今や私の胸と同時にアソコに指を突っ込んで掻き回してきてるので、上下から絶え間なく快感が押し寄せてくるんです。

私はもうガマンできなくなってきてしまいました。

「ねえ、入れて……もう私、たまんないの……」

「ええっ？　ここで……そこまでやるの？」

さすがのTもしばし躊躇していましたが、私がしつこくおねだりすると、ついに開き直ってくれたようでした。

「よし……でも、いいか？　絶対に声は上げるなよ？　わかったな」

「うん、わかった！　絶対に約束する」

Tは私の言葉を確認すると、向かい合わせになるように自分の膝の上に私を跨り座らせ、下からペニスを当てがって、ズブズブとアソコに沈めていきました。

「んん……っ……！」

走行するバスの揺れに彼の揺さぶりが合わさって、ゆったりとした心地よい振動が結合部分を通して私の全身に伝わってきます。

皆が寝静まり、暗闇と静寂に包まれた車内の雰囲気が余計に私の性感を昂ぶらせてくるようでした。

ああ、私たちってば、こんなところで、なんてことしてるんだろう？

なんて恥知らずのケダモノなんだろう？

「ああ、ダメ……イキそう……」

「うう、俺も……今日はなんだかもう……」

いつもなら、そう簡単にはイかないTも、この異常なシチュエーションの中ではさすがに快感ピッチも早いようで、もう弱音を吐き始めました。

そして、そのすぐあとにクライマックスが迫ってきました。

「は……イ、イク……イ……ッ……」

「んんっ、ぐぅ……うっ……」

精いっぱい声を押し殺しながら、二人してフィニッシュを迎えたのでした。

初めてのバス内エッチ、スリリングでとってもよかったです。

■彼はいきり立ったペニスを突き出し、それを私の胸の谷間をこじ開けるように……

# 教え子の熱い欲望のたぎりをぶつけられた私

投稿者 鵜飼典子（仮名）／26歳／教師

高校で英語の教師をしています。

教師になって三年、この間、初めて生徒から告白されてしまいました。それも、あまりにも衝撃的な方法で……。

その生徒は三浦翔平（仮名）といい、学年でも一、二を争う秀才で、しかも顔も若手人気俳優の竹内○真似のイケメンなものだから、女子生徒にすごく人気がありました。もっとも、彼のほうは、そうやって寄ってくる女子たちにまったく興味がないようでしたが。

ある日の放課後、他の教師が帰ってしまって、私一人が英語課教員準備室に居残って小テストの問題作成作業をしていると、ドアにノックの音がして、返事をすると翔平が入ってきました。

「あら、どうしたの、三浦くん？」

私の問いかけに、彼は無言でにっこり笑うと、おもむろに近寄ってきて……白いハンカチを私の顔に押しつけてきたのです！　一瞬ツンとくる刺激臭がしたかと思うと、私は意識を失ってしまったのです。

一体どれくらいの時間が経ったのか……目が覚めた私は驚きました。身動きできないのです。うろたえながら自らの置かれた状況を窺うと、私は自分の椅子に縛り付けられていました。しかも、両手は後ろで結わえられ、両脚は椅子の座面に上げさせられた上に左右に大きく開かされた状態でしっかりと固定され……すっかりスカートが腰のところまでたくし上がって中の下着が丸見えという恥ずかしい格好で。

「……んんんっ！」

おまけに、言葉を発しようにもガムテープで口をふさがれてそれも叶わず。

言いようのない驚愕と恐怖に襲われた私でしたが、その時、

「先生、やっと目が覚めたね。もうちょっと早くクスリの効果が切れるかと思ったけど、僕の計算ミスだな……はは、こんなんじゃ東大は難しいかな？」

と、私の視界を外れた横手から翔平の声が聞こえてきました。

なぜ？　なんで翔平が私にこんなことするの？

もうわけがわからず混乱するばかりの私に、翔平が言葉を続けてきました。

「先生、告白するね。僕、ずっと先生のことが好きだったんだ」

まさに思いもよらない告白でした。あの女子人気ナンバーワンの、でもそんなのまるで興味がないとばかりにクールな態度を崩さない翔平が、まさか私のことを好きだなんて！　でも、だからといってなんでこんなことを？

私の疑問は、次の翔平の言葉で信じられない衝撃を伴って晴らされました。

「でも、そんな僕の真剣な気持ちなんて、どうせ先生は〝あくまで私たちは教師と生徒の関係であって、それ以上でも以下でもない。あなたの気持ちに応えることはできない〟とか、聞いたふうなことを言って、拒絶するに決まってるんだ！」

え、いやまあ、確かに基本姿勢というか、建前はそうに決まってるけど、きょう日、教育界も昔に比べて少しは多様性と柔軟性を備えつつあるから、話し合ってみる余地も少しはあると思うんだけど……ああ、もう！　これだから先回りして話の呑み込みが早すぎる秀才ってイヤ。

「だから僕、問答無用で先生をものにすることに決めたんだ。ほんと最近、先生のことばっかり考えちゃって勉強が手につかなくて……しょっちゅうオナニーしてるんだ。ああ、先生、僕もうガマンの限界なんだっ！」

翔平はそう言うと、私のピンクのニットを大きくたくし上げて、ブラに包まれた胸を剝き出しにしました。そして、フロント部分にあるホックを外して、ペロンと乳房を露出させてしまったのです。

「ああっ、先生のオッパイ！　ナマで見るとますます大きい……まるでゴムまりみたいで……うわっ、や、柔らかい！」

「んぐっ、んむむ……うぅ！」

翔平は私の両方の乳房を摑むと、ぎゅうっと力を入れて、大きくゆっくりと揉みしだいてきました。その荒々しい感触に、私は思わず喘いでしまいます。

「くそぉっ、いっつもこれ見よがしに胸を突き出されて……そのたんびに股間が突っ張って痛くなっちまってる、こっちの身にもなってくれってんだ！」

そ、それは申し訳ないことをしたわ……謝るから、ああ、そ、そんなに乳首をグリグリいじくらないでぇっ！

心ならずもツンと勃起してしまっている乳首に、翔平が口を寄せてきて、両手で全体を揉み回しながら、チュウチュウ、ペロペロと舐め吸い立ててきました。

「んぐふぅ、ふぅ……うぐぐ……」

手足の自由を無理やり奪われている拘束感もあってか、不自然な体勢の私の肉体は普段よりも性感が鋭敏になってしまっているようで、信じられないような快感が全身を覆っていきます。

「ううううっ、くぅぅっ……ふうぅっ……」

「ああっ、先生っ！」

翔平は、やにわにズボンと下着を下ろすと、立派に剝けていきり立ったペニスを突き出し、それを私の胸の谷間をこじ開けるように押し付け、腰を振ってズリズリと擦りつけてきました。その先端からはたっぷりと先走り汁が溢れ、ネチョ、グチョと湿った音を立てながら、私の乳房を、乳首を辱めてきます。

「んんんっ、ぐぅ……うふぅぅっ！」

熱くて硬い脈動が心臓まで伝わってくるようで、私はいよいよたまらなくなってきてしまいました。

「あ、先生のここも、濡れてるよ。僕のが欲しくてたまらないんだね」

翔平が目ざとく私の下着の股間が分泌液で濡れていることを指摘し、手をかけると無理やり引きちぎるように下着を私の太腿の半ばあたりまでずらし上げ、とうとう恥ずかしい性器を露わにされてしまいました。

「ああ、こんなにドロドロに蕩けて……今、入れてあげるからね」

ああ、そうよ、早く、早くきてぇっ！

私は翔平の言葉に心の中で激しくうなずきながら、その突き入れを待ち受けました。

そして、ついに翔平のペニスが私の肉びらをこじ開けて侵入してきた時、雷のような快感の衝撃が私の全身を貫きました。

「んんっ、んっ、んっ、んんんっうぅぅ……ぐうぅ！」

「ああ、先生、先生、先生〜〜〜っ！」

翔平の、私のカラダを打ち壊さんばかりの突き入れにえぐられ、揺さぶられながら……二度、三度と絶頂に達し、最後に私は彼の熱いほとばしりをドクドクと胎内に受け止めていたのでした。

このあと、幾度か翔平から関係を求められましたが、今のところ、なんとか拒否することができています。

でも、いずれまた、その若く熱い欲望のたぎりに押し切られてしまいそうな自分がいるのです。

■彼はそそり立った自分の男根の先端を、ヌルヌルと私の女陰の入り口に擦り付け……

# 亡き夫の遺影の前で犯される背徳の快感体験

投稿者 黒沢あかり（仮名）／36歳／アルバイト

主人が交通事故で急逝しました。

もうすでに両親も亡く、子供もなかったため、あまり近しくない親類を除くと、私は一人ぼっちになってしまったのです。

通夜、葬儀、初七日を終え、悲しんでいる暇がないほど慌ただしい一連の流れが終わると、一気に悲痛が押し寄せてきました。

幸い、事故における主人のほうの落ち度はなく、保険金、主人を轢いた加害者側からの慰謝料などそれなりに大きな額のお金が入ってきたおかげで、当面の生活の不安はありませんでしたが、もちろんそれは私の心まで癒してくれるわけではありません。

私は一人自宅マンションに閉じこもり、ひたすら泣いて過ごすだけの日々を送っていたのです。

そんなある日、主人の同僚だった米倉さんが家を訪ねてきてくれました。元々主人とは同期入社で親しく、葬儀の折にも何かれとなく手伝ってくれたいい人……と、私の認識としてはそれ以上でも以下でもない、そういう男性でした。

「その節は本当にお世話になって、どうもありがとうございました」

「いえいえ、お安い御用ですよ。それより今日はすみません、急にやってきたりして。改めて落ち着いて、お線香をあげたかったものですから」

米倉さんは手土産のケーキを私に手渡しながらそう言い、主人の遺影と遺骨を納めた木箱の前に正座して手を合わせました。優に三分ほどは目を閉じて合掌していたでしょうか。

私はその間にコーヒーを淹れ、さっきのケーキをお皿に載せると、自分の分とあわせてテーブルの上に置きました。

「どうですか、少しは落ち着かれましたか？」

焼香を終え、テーブルに着いた米倉さんは、コーヒーカップに口をつけながらそう訊ねてきました。

「ええ、まあ……」

まだまだ立ち直っていない本心を抑えて、なんとか少しでも気丈に答えようとした私でしたが……ダメでした。

「うっ、んぐぅ……うっ、うっ、ううううう……」

嗚咽でまともに言葉にならず、とどめようもなく涙が溢れ出てきてしまったのです。

「お、奥さん、大丈夫ですか?」

米倉さんは素早く立ち上がると、テーブル対面の私のほうに回り込んできて、やさしく肩に手を回してきてくれました。そして、

「かわいそうに……かわいそうに……」

そう何度もつぶやきながら撫でさすり、気がつくと自分の胸に包み込むようにしてくれて、彼から伝わってくる温かい体温が、じんわりと悲しみを癒してくれるようでした。

徐々に落ち着きを取り戻してきた私は、

「ありがとうございます。おかげで……もう大丈夫そうです」

そう言って、背中から回された彼の両手をやんわりと自分の体から外そうとしました。でも、その手は外れてはくれませんでした。

「よ、米倉さん……?」

怪訝に思った私は、声に少し非難の色を含ませながら、さらに手に力を込めたのですが、逆に押し戻され、よりしっかりと抱きすくめられてしまったのです。

そしてなんと、

「奥さん……奥さんの悲しみを、俺の手で拭い去ってあげたい……ずっと、ずっと好きだったんです！」

思いがけない言葉を口にし、まるでそれを塗り込めるかのように背後から私のうなじに唇を押し付け、強く吸ってきたのです。

「えっ、えっ、えっ……ちょ、ちょっと米倉さん、や、やめてください！」

私は体をよじって必死で抗おうとしましたが、彼の力はとても強くて微動だにせず、いやそれどころかますます強力になっていき、そのうちもがき疲れた私は、ぐったりと脱力し、抵抗する気力を失ってしまいました。

「一番最初、黒沢から、今度結婚する人なんだって言って紹介された時から、奥さんの存在が俺の中にずっと居座ってしまって……忘れられるどころか、逆にどんどん大きくなっていってしまったんだ」

米倉さんは切々と自分の心情を吐露してきました。

確かに彼は、イケメンだし仕事もできて、さぞもてるだろうに未だに独身でしたが、その結婚しない理由が、まさか自分にあったのだと思うと、意外にも私の心中にえも言われぬ快感が湧き上がりました。

「ああっ、奥さん、奥さん、奥さん！」

彼の手が私のセーターをまくり上げ、ブラジャーごと乳房を鷲掴むと、力任せに揉みしだいてきました。ぎゅむぎゅむと注ぎ込まれる圧力は、間違いなく痛いのだけど、それ以上に、私の中に久方忘れていた、オスに蹂躙されるメスの被虐的興奮を呼び起こしました。実は亡くなった主人は元々そっち方面が淡泊だった上に、ここ一年ほどはほとんどセックスレス状態だったものだから、いわば性的飢餓状態にあった私の肉体は、心とは関係なく反応してしまったのだと思います。

「あっ、あ、はぁ……だ、だめ、米倉さん……っ……」

それでもまだ、建前的に抗いの言葉を口にしようとする私に対して、彼はそれをねじ伏せんばかりの勢いで襲いかかってきました。

私は床のカーペットの上に押し倒され、そのお腹の上に馬乗りになった米倉さんにとうとうブラジャーを剝ぎ取られてしまいました。彼はそれをギラギラとした目で凝視しながら、自らも服を脱いで上半身裸になって私に覆いかぶさり、たくましい胸で露わになった乳房を押しつぶすようにして激しく接吻してきました。

「んはっ、奥さん……はぁ、ああっ……」

そのまま生乳を搾り立てるようにしてまさぐってくるものだから、もうすでにはち切れんばかりに勃起している乳首がたまらなく感応してしまって、痺れるような快感が全身を貫いてきます。

「んあっ、はぁっ、あああぁっ……！」

米倉さんの顔が胸のほうに移動し、口で乳房をむさぼり、乳首を吸いしゃぶってきました。その無我夢中の表情は、まるでお乳を無心で飲む赤ちゃんのようで、私は一瞬心が和みましたが、次の瞬間、それもすぐに消し飛びました。

今ちょうど私の股間の辺りに当たっている彼のモノが、怖いくらいに硬く大きくなってきているのが、衣服を通じていても痛いほどわかったからです。赤ちゃんどころか、盛りのついた雄犬でした。

とうとう彼はズボンと下着も脱いでしまい、私の眼前に雄々しく隆起した男根を振りかざしました。それは長さは二十センチ近く、竿の太さも五センチ近くはあり、惚れ惚れするほどの巨根でした。亀頭の笠も大きく開いていて、その引っかかり具合を想像するだけで、私は自分の中心部分がジーンと熱く潤ってしまうのがわかるくらいでした。

「はぁ、はぁ、はぁ……奥さん、ああ……」

米倉さんはますます激しく息を荒げながら、私の下半身も裸に剝いてしまいました。

そして、そそり立った自分の男根の先端を、ヌルヌルと私の女陰の入り口に擦り付けてきたのです。

途端に電流のような衝撃が、甘美な陶酔を伴って私のカラダに襲いかかりました。その熱い塊に膨らみきった肉豆をニュクニュクとこね回され、入口の肉壁に沿ってズリュズリュと撫で回されて……ああ、もう、気が狂ってしまうんじゃないかという程の喜悦が溢れ出てきます。

「あひぃ、ひぃ、あふぅ……ああん！」

「ああ、奥さん、すごい……奥さんのココも、随喜の涙を流しながら、俺のモノを早く入れてほしいって訴えてますよ。さあ、もう入れていいですよね？　俺の想いの丈で、悲しみを吹き飛ばしてあげますからっ！」

そう聞いておきながら、彼は私の返事を待つことなく、限界まで勃起した男根を女陰の中に深々と突き刺してきました。

「あひっ、あああああ、あ、ああん、はぁぁぁっ……」

あとからあとから際限なく、喜悦の叫びがほとばしってしまいます。

「はぁ、はぁ、はぁ、奥さん、奥さん……！」

米倉さんの腰の律動は徐々に速くなっていき、私の子宮を突き破らんばかりに荒々しく昂ぶってきます。

とうとう絶頂の大波が押し寄せてきました。

彼のモノも内部で限界まで膨張しているのがわかります。

「あっ、あっ、あっ、もう……イクゥッ！」

私はビクン、ビクンと大きく体をのけ反らせながら頂点に達してしまい、それから少し遅れる格好で、米倉さんが私のお腹の上にドクッ、ドクッと大量の白濁液を勢いよく吐き出し、最後の瞬間を終えました。

「あの……今日は本当にすみませんでした。俺、もうどうにも自分の想いを抑えきれなくて……」

帰り際、申し訳なさそうに言う彼に、私は微笑んで言いました。

「ううん、とっても嬉しかったです。もしよかったら、また、慰めに来てくださいね。いつでも大歓迎ですから」

その時の彼の本当に嬉しそうな顔が、今でも忘れられません。

■私は恐ろしい羞恥心に喘ぎながらも、高まってくる一方のエクスタシーに抗えず……

# 横恋慕先輩OLに仕掛けられた巨根3Pセックスの罠

投稿者 浦田里紗（仮名）／23歳／OL

女子大を卒業し、この春から念願の証券会社に就職することができました。

すると、働きだして間もなく、同じ課の先輩のNさん（二十八歳）に交際を申し込まれ、否応もなくつきあうことになったんです。だって、ここでいきなり拒絶したりしたら、空気悪くなって、このあとの仕事にも影響しちゃうじゃないですか？　それにまあ、Nさんは背も高いし、まあまあイケメンで、交際相手としてはそう悪くもなかったし。

実際つきあってみると、Nさんはやさしいし、女ごころをとてもよくわかってくれる人で、私は思いのほか順調に彼とのつきあいを楽しむことができました。

「じゃあ、また来週月曜、会社で会おうね。さよなら、気をつけて」

そんなある金曜の夜、私はNさんとの食事デートを終えて別れ、電車の駅へと向かっていました。

（あ〜あ、また今日も何もなく帰るのかあ……）

私はそんなことを思いながら、溜息をついていました。

実はNさん、もうつきあいだして三ヶ月になろうかというのに、未だに男女の関係を求めてこようとはしないんです。私はもちろん処女ではなく、高二でロストヴァージンしてから、女子大時代までで五人の男性とつきあいましたが、そのうちの誰ともつきあい始めて二〜三週間のうちには肉体関係に至っていたので、まさか社会人になってからこんなにもったいぶる感じになるとは思いもしませんでした。

まあ、その分、Nさんが私のことを本気で想い、大事にしてくれているのだろうと考え、自分を納得させていましたが、正直、そろそろエッチしたいなあ、なんて性的ムズムズ感が身中に湧き出していることも否定できませんでした。

と、私が地下鉄への階段を降りようとした時、

「あら、浦田さん、今帰り？」

と、同じ課の先輩のみさきさん（二十六歳）に声をかけられたんです。見ると、隣りには見覚えのない、ちょっとチャラついてるけどなかなかイケメンの男性が一緒にいました。彼はマサキといい、みさきさんのボーイフレンドだとのことでした。で、結局、それから三人で飲みに行くことになりました。

それまで、みさきさんとは担当業務が違うせいで、ほとんどまともに接したことがありませんでしたが、私と前から一度話してみたかったということで、それじゃあせっかくの機会だし、ということになったんです。

「へえ、みさきの会社の後輩……すげえ可愛いコじゃん。よろしくね」

マサキは見た目同様、いかにもチャラい感じで話してきましたが、そんなふうに言われて、まあ悪い気はしませんでした。

みさきさんの行きつけだというBARでさんざん飲み、もうあと少しで終電がなくなりそうという頃合いでしたが、みさきさんが、

「浦田さんと私、すっごい気が合いそうね！　話してるともうチョー楽しい！　ね、もうちょっと飲もうよ。マサキのマンションがこのすぐ近くだからさ、そこ行って今日は飲み明かしましょうよ！」

と言いだしました。

確かにみさきさんとの話自体は楽しかったものの、え、今日初めて会った男性の家に行くの？　と、さすがに躊躇してしまった私でしたが、みさきさんがあまりにも強引に誘うものだから、結局押し切られる格好に。まあ、みさきさんがいるわけだし、滅多なことにはならないだろうと高をくくった感じでしたが、まさか、そのみさきさ

んがいるからこそ、あんなとんでもないことになってしまうとは……私はその時、思いもよりませんでした。

マサキの住むワンルームマンションに着いたのは、夜中の一時頃でした。男性の一人暮らしのわりには小ぎれいにされていて、私はなんとなく軽く一安心。

そして再び三人での酒盛りが始まる……かと思いきや、事態は思わぬ展開に転がり始めました。

急に眼が座ったようなた感じになったみさきさんが、こんなことを言いだしたんです。

「あ～あ、まんまとこんなところまでついてきちゃって……ほんと、バカな女よね～？　自分がこれからどうなっちゃうか、知りもしないでさ」

はあ？　みさきさん、何を言ってるの？

頭の中が〝？〟だらけの私でしたが、みさきさんは説明をしてくれるわけではなく、マサキに号令を出しました。

「さあ、マサキ、やっちゃってよ！」

「はい、はい！　待ってました！」

するとマサキは、喜び勇んで応え、私に襲い掛かってきたんです！

「え、え、え……ちょっ、やめてください！　何やって……!?　いや～～～っ！」

「どんだけ声出したって無駄だぜ！　このマンション、防音だけはカンペキなんだ。誰にも聞こえやしないよ」

　そう言いながら私をベッドに押さえつけ、服を剝ぎ取り始め、あっという間に全裸に剝かれてしまったんです。

「へっへぇ、顔が可愛いだけじゃなく、カラダもけっこうイケてるじゃん！　胸なんかみさきより全然でかいんじゃねーの？」

「うるさいわねー！　ほっといてよ！　ほら、さっさとやっちゃってよ！」

「はいはい、お嬢様！　言われなくたってやりまくっちゃいますよ～っ」

　マサキはそんな軽口を叩きながらも、自分もさっさと服を脱ぎ、すでに大きく立ち上がったペニスを私の眼前に突き付けてきました。

　で、でかい……。

　こんな状況でありながら、私は、今までつきあってきた男たちの誰とも比べものにならないくらい巨大な男性器の迫力に、思わず唖然としてしまいました。それは長さが二十センチ近くあり、太さも五センチ以上あったかもしれません。亀頭はそのヤリチン度の高さを窺わせるかのように凶暴なまでに赤黒く、竿の表面には太い血管がウネウネと蠢き、まるでそれ自体が生きているグロテスクな生物のようでした。

「い、いやあ、やめてぇっ……ああん！」

それでも私は気を取り直して、今一度抵抗の叫びをあげたのですが、

「だ、か、ら、無駄だってーの！　おとなしくしてたほうが、そんだけ疲れないってもんだぜ、な？」

マサキはそう言いながら私のお腹の上に馬乗りになると、脚でがっちりと私の両手をホールドして押さえつけながら、自分の勃起した巨根を乳房にグニュグニュとなすりつけ、乳首をすりつぶすようにして……まずは上半身を凌辱してきました。

ふと、みさきさんは何をしてるのかと思い見やると、そんな私の痴態を次々とスマホで撮影してるではないですか！

「み、みさきさん……何やってるんですか⁉　そんなこと、やめてください！」

マサキからの乳房凌辱の刺激に喘ぎながらも、必死で訴えた私でしたが、

「はん、悪いのはあんたのほうだからね！　私の大好きなNさんを奪いやがって……Nさん、私がどれだけ言い寄っても、うんと言ってくれなかったくせに、新入りのあんたなんかに……くそっ！　この恥ずかしい画像をばらまいて、あんたなんかNさんに嫌われるどころか、会社にいられなくしてやるんだから！」

みさきさんの言葉に、なるほど、そういうことか……と合点がいった私でしたが、

もちろん、納得できるわけではありません。ただの逆恨みですから。

私は、そう訴えようとしたのですが、マサキが口に性器を押し込んできたものだから、それも叶いませんでした。

巨根がズズズ……と、喉奥まで侵入してきて、マサキは私の両胸を揉みくちゃに掴みながら、腰を動かしてえぐってきたんです。

私は声を封じられ、そのあまりの苦悶に喘ぎ、思わず涙が出てきてしまいました。

でも、同時に自分でも信じられない感覚が……揉みしだかれた乳房への刺激と、喉奥を男根でえぐられる衝撃が合わさって、いつしか言いようのない陶酔感のようなものを覚えるようになってしまったんです。

「んぐっ、ぐぅ、うぶっ、んんんんっ……」

その陶酔感は徐々に下半身のほうへと広がっていき、さらにいやらしく増幅されて私のアソコを責め立て始めました。まるでそこにもう一つ心臓があるのじゃないかと思ってしまうほど、肉襞が熱くズキズキとわななき、奥のほうから何かが噴き出してくるような感覚に覆われてしまいました。

「あ〜あ、ちょっとあんた、オマ○コ、すごい勢いでエロ汁垂れ流してるよ！　しかもイソギンチャクみたいにヒクヒク震えちゃって……もうマジど淫乱！」

みさきさんが嬉しそうにそう言いながら、スマホで撮りまくっています。

ああ、もうやめてぇ……恥ずかしすぎるぅ……！

私は恐ろしい羞恥心に喘ぎながらも、高まってくる一方のエクスタシーに抗うことができず、マサキのモノを無我夢中で頬張りながら、腰をビクン、ビクンと激しく跳ね上げて悶えてしまうのです。

「ああ、なんだか私もたまらなくなってきちゃったじゃない……ちょっとマサキ、あんたはもうオマ○コに入れてあげなさいよ！　今度はこの女の口、私のほうに奉仕させるんだから」

「はいはい、喜んで！　オマ○コ、入れちゃいますよ～っ！」

マサキはいったん私の体から下りると、私の両脚を抱え大きく股を広げさせ、いよいよあの巨根を、すでにドロドロに乱れきったアソコに挿入してきました。最初はそのあまりのでかさに、さすがにいくらかの苦痛を感じましたが、ズルズルッといったん奥まで入ってしまうと、その先はひたすら未体験の快感の嵐に巻き込まれていくかのようでした。

巨根に突かれ、えぐられ、貫かれ……信じられないエクスタシーの奔流がほとばしり、同時にみさきさんが私の顔の上にまたがって自分のアソコを舐めさせてくるものだから、そのダブルの凌辱攻撃にさらされて、私は生まれて初めての潮吹きまで体験してしまったくらいでした。

そうやって、それからたっぷり三時間はども、私たち三人はくんずほぐれつ、からみ合い、求め合い、責め立て合い……ほんと、キモチよすぎて死んじゃうかと思っちゃうくらいでした。

その感覚はみさきさんも同じだったようで、彼女は私の痴態画像をばらまくことはやめ、これからはこの三人でセフレ・トライアングル関係を楽しもうという話に落ち着きました。引き続き、私はNさんとおつきあいしてもいいようです。

そのほうが、嫉妬心がいい刺激になって、より気持ちよくなれるからですって。

そのうちNさんとも体の関係を持つだろうし、そうなるとこの先当面、ますますスリリングなバランスに満ちた、快感ライフで忙しくなりそうです。

■大小さまざまな五つの甘美なバイブレーションが流れ込み、一つにより合わさって……

# 彼氏と二人で初めてのバイブ快感をむさぼって！

投稿者 田中結子（仮名）／25歳／アルバイト

まだつきあって間もない彼氏に、

「アタシ、今まで一度もアダルトグッズって使ったことないんだ」

って言ったら、

「あ、オレもオレも！　じゃあ、今度のエッチの時、思いっきり試しちゃおっか？」

と、気持ちよく即答されて。

で、一週間後の週末、彼氏のマンションを訪ねると、もうビックリ！

だって、大きくて迫力満点のやつから、小さくて可愛いやつまで、いろんな種類のバイブレーターが実に十個近くも用意されてたんだもの。

「こんなにぃ？　ちょっとアンタ、いったいいくら使ったのよ⁉」

思わず訊いてしまったアタシに、彼は、

「うむ……そいつは言えねぇ」

って答えて。

おそらく一万や二万じゃ済まないわよね、こりゃ。こいつ、いい年して親から仕送りしてもらってるフリーターのくせに、何やってんのよ！

って思ってあきれたけど、でも正直、それだけ目の前に並べられると、アタシのほうもエッチ気分が盛り上がって、なんだかワクワク、ムズムズしてきちゃった。

「まあまあ、今日はこいつでたっぷり楽しもうぜぇ」

彼氏はニンマリと笑い、アタシたちは服を脱いでベッドに上がったわ。

「じゃあ、まずは小手調べにこいつから」

彼氏がそう言って手にとったのは、ピンク色で可愛らしい小ぶりのローターだった。

そのスイッチを入れるとヴーンと振動しだして、彼氏はそれをアタシの乳首に。

「んっ……ううっ、ひぃっ……」

アタシ、思わず軽く喘いじゃった。

だって、繊細かつ小刻みなタッチが、絶対に人の手じゃ出せない絶妙の快感を流し込んでくるんだもの。

「おおっ、あっという間に乳首が立ってきちゃったぞお。ぷっくりピクピク、感じちゃってるんだねぇ」

「あん、はぁ……んふぅ……」

「よし、じゃあもう一個使って、両乳首責めしてやろうかな。ほれ」

「あひっ、ひっ、あああん……」

彼氏に二個のピンクローターで両方の乳首を同時に、震わせこねくり回されて、アタシもう、さらに大きな声出して喘いじゃった。ほんと、すっごい気持ちいい！

「へへ、ほんとイイ声で啼くよなあ……そんなエロい声聞かされたら、オレのほうも興奮してきちゃったよぉ」

見ると、そのチ○ポももうビンビンに大きくなってた。

アタシは迷うことなく手を伸ばして摑んで、しごいて……咥えようとしたんだけど、

「おっと、いいこと考えた！」

彼氏はそう言うと、手近のラックから粘着テープを取り出し、何をするのかと思えば、二個の振動するピンクローターをアタシの両方の乳首に貼り付けてきたの。これで彼氏の手は自由になって、アタシに自分のチ○ポをしゃぶらせながら、同時にまた別の攻撃を……。

「んぐぅ……ふっ、んぐふぅぅ……！」

今度は太いバイブレーターがアタシのアソコにねじ込まれてきて、もちろんとっく

にビショビショに濡れてたソコはニュルルンってラクラク呑み込んじゃって、アタシは両乳首との三点責めの快感に、もうメロメロ状態。

でも、彼氏の攻撃はそれでは終わらず、太いバイブを操っているのとは反対の手で中くらいのバイブを持つと、それでクリちゃんをいじくってきたの。

まさかの四点責め！

もうマジちょーキモチいいんですけど！

アタシもなんだか半狂乱みたいになっちゃって、チ○ポしゃぶりまくって。

「うおおっ、いつになく激しいねぇ～……こりゃたまんねぇや。それじゃあそんなインランおねえさんのために、もうひと押ししちゃおっかな～？」

彼氏は声を上ずらせながらそう言うと、太いバイブをグッと深くアソコに押し込んで簡単には抜け落ちないようにすると、空いた手でまた違う細身のバイブを摑み、それをなんと、アナルに挿し込んできたの。

まさか、まさかの五点責めよ！

左右の乳首をピンクローターの微細な振動で震わされ。

クリちゃんを中ぐらいバイブでこねくり回され。

アソコの中を極太バイブでえぐり掘られ。

アナルを細身のバイブでほじくられ。

大小さまざまな五つの甘美なバイブレーションが流れ込み、一つにより合わさって……なんだかワケわかんないくらいの快感に全身を包まれちゃって、アタシはそれから四～五分の間に三回もイッてしまった！

「はぁう、はぁ、はぁ、はぁ……んあッ、あッ、ああああん！」

「ふふふ、おまえ、あちこちバイブ突き立てられて、まるでインランハリネズミ！よし、それじゃあいよいよ、最後の一本をお見舞いしてやろうかな！」

彼氏はベッドに寝そべると、アタシをその上にまたがらせ、両乳首のピンクローターだけは残して、下から自分の生身のチ○ポで突き上げてきた。

さっきまで全身を責め立ててたバイブの余韻でジンジン、ムズムズしてるところに攻め込んできたソレの快感は、それはもう別格で、ズンズンと跳ね上げられるたびに、電流のようなエクスタシーの爆発が巻き起こるみたいだった。

「ひあっ、んはっ、ああぅ、あああん、あひぃぃぃぃっ！」

「はっ、はっ、はっ、はっ……う、ううっ……」

彼の突き上げピストンのスピードもどんどん速く、激しくなってきて、アタシはさらに二回、ディープなオーガズムに達し、彼氏のほうも噴水のようにすごい勢いでアタシの中に射精しまくってた。

結局、そのあとも他の色んな太さのバイブや、なんと男性用のオナホール（TEN○Aみたいな）まで、あれこれ使って、二人してあーだこーだ目いっぱいエッチを楽しんじゃった。

初めてのアダルトグッズH体験は、こうして大快感、大満足のうちに終えられたという次第です。

## 第三章

# ざわめく新鮮快感

■父は恐ろしいまでにいきり立った男性器を剝き出しにして私の性器にあてがい……

# 実の父に処女を奪われた忘れ難き禁断の夜

投稿者 山路久美子（仮名）／31歳／専業主婦

今まで誰にも話したことのない、私の人生で最大の秘密です。

私の処女喪失の相手は、実の父でした。

うちの両親はとても夫婦仲がよかったのですが、私が高一の時、母が三十六歳という若さでガンで亡くなってしまいました。その時の父の悲しみようときたら、それはもう痛々しいもので……一人娘の私でさえここまでは、というほど父は心身ともにボロボロになってしまったのです。

幸い、父の勤める会社はあまり大きくないゆえか、非常に従業員に対して親身で、通常の忌引きの期間が過ぎても、父が立ち直って仕事に出てくるまで待ってくれるということで、その間、私は家で静養する父の身の回りの世話をしつつ、学校に通っていました。

そんなある日の夜、私がシャワーを浴びて出てくると、父が母の遺影に向かって、

「小夜子ぉ……帰ってきてくれよぉ……俺、寂しいよぉ……」

と語りかけながら、一升瓶から日本酒をコップに注いで飲んでいました。まあ、ここ最近いつものことなので、私は軽くため息をつきながら、

「じゃあ、お父さん、私、寝るね」

と一声かけて、二階の自室へと上がったのでした。

そしてしばらくベッドの中で本を読んでいたのですが、だんだんと瞼が重くなってきて……いつしか眠ってしまったようでした。

それからどのくらい経った頃でしょうか。

「う、ううん……」

私はなんだか妙な重苦しさを全身に感じ、目を覚まさざるを得ませんでした。

そして思わぬ事態に驚愕してしまったのです。

なんと、布団をかぶった私の上から、父が覆いかぶさっていたのです。

父の顔は私のすぐ目の前にあり、酒臭い息がぷんぷんと香りました。

「ちょっ、ちょっとお父さん、何してるの⁉　や、やだっ！」

「ううっ……小夜子ぉ、帰ってきてくれたんだなぁ、俺、嬉しいよぉ……寂しかったよぉ……」

どうやら完全に酔っぱらって、私を亡くなった母と間違えているようでした。

確かに、私と母はすごくよく似てはいたのですが……。

「やだってば！　お父さん、私、久美子だってば！　ちょっと、やめてってば！」

私は必死で父の体を押しのけようとしましたが、もともと頑健な体つきゆえ容易ではなく、まだ十六歳の少女にすぎない私の力ではビクともしませんでした。

そして荒々しく布団を剝がしのけると、父は私の首元に顔を埋めて、鎖骨の辺りを強烈に口で吸引してきました。

私は戦慄しました。

お父さん、私をお母さんと間違えて、犯そうとしてる！

体の発育こそ人並み以上だった私でしたが、性格は初心で、当然まだ処女でした。

まさか、実の父親によってそれを打ち破られようとしてるなんて……！

「いやあああ、やめてえっ、お父さぁぁん……！」

私はますます必死になってもがきまくり、声の限りに叫んで抗ったのですが、そんなものまったく父には通じず、やめてくれるどころか、

「小夜子ぉ、何恥ずかしがってるんだよぉ？　なあ、いつもみたいに愛し合おうよぉ……おまえ、乳首嚙まれるのが好きだったよな？　よしよし、今たっぷり嚙んでやる

からな」

　などと言いながら私のパジャマのボタンを引きちぎり、はだけた裸の胸に食らいついてきました。そして本当に私の乳首を嚙んできたのです。

「あっ、い、いたい！　お父さん、やめてってばっ……いたっ、そんなに嚙んだらちぎれちゃうよぉぉ！」

　私はそのあまりの痛みに泣き叫びましたが、父の咬淫はますます激しくなるばかりで、いつしか私の乳房の膨らみをしっかりと鷲摑んで揉みしだいていました。

「おお、小夜子のオッパイ、今日は一段と感度がいいみたいだなぁ……ああ、可愛いよ……じゃあ、今度はいっぱい舐めてやろうな」

　ようやく父は嚙むのをやめて、今度は私の乳首をベロベロとねぶり吸ってきました。すると、さっきまで痛みにジンジンと疼いていた反動か、その舌と唇のネロネロとからみつき、這いずり回るような感覚がえも言われぬ甘美な感覚をもたらし、私は今まで感じたことのないような喜悦の渦に叩き込まれてしまったのです。

「あっ、やあっ……んはっ、はぁ、ああ……な、なんか……ヘン……あぁっ！」

「ああ、小夜子ぉ……やっといつものおまえに戻ってくれたみたいだな。よしよし、いっぱい、いっぱい愛し合おうなあ……」

そう言うと、父の手がパジャマズボンの中に突っ込まれ、パンティをこじ開けて私の性器に触れてきました。父の指がそこをまさぐると、信じられないことにグチョグチョといやらしい音を立てて粘ついたのでした。

「あふっ……ダ、ダメ！　そ、そこはぁっ……！」

私は自分のカラダのあさましい反応にうろたえつつ、それでもなおかつ最後の抵抗を試みたのですが、今や完全に愛に飢えた夫モードに没入してしまっている父を押しとどめることは叶わず、ただただ、性器の中を指でヌチャグチャと掻き回され続け、恥ずかしい粘液を、あとからあとから溢れさせる有様でした。

「ああっ、小夜子のジュース、こんなにたくさん……今、飲んであげるからね」

父はとうとう私の下半身を裸に剝くと、両腿をしっかりと押さえ込んで性器にむしゃぶりつき、レロレロ、チュウチュウとそこをむさぼってきました。

「あはっ、ああ、ひあああっ！」

当然ですが、これまでオナニーこそしたことがあれど、性器を誰かに舐められたことなどなく、初体験のオーラルセックスがもたらす快感に、私はひとたまりもありませんでした。

「んぷっ、んちゅっ、んじゅぶ……ああ、小夜子のジュース、いつもより甘くて美味しいよ……んぐ、んぐっ……」

「あひっ、ひぃ、あああんっ……」

今や私は完全に父の責めの手練手管に篭絡され、すっかり抵抗する気力も削がれて次々と注ぎ込まれる快感にひたすら翻弄されるばかりでした。

そして、いよいよ父が、

「ああ、俺ももうたまらなくなってきた……小夜子、おまえの大好きなこのチ○ポ、これから入れてあげるからね」

さすがにその一言で私は正気に戻り、その一線だけは越えてはダメともう一度、抵抗を試みました。

「そ、それだけは……だめぇっ！　お父さん、お願い、やめてぇっ！」

「はぁ、はぁ、はぁ、さ、小夜子ぉっ！」

ムダでした。

完全に私の抵抗を封じ込んだ上で父はズボンを脱ぐと、恐ろしいまでにいきり立った男性器を剥き出しにして私の性器にあてがい、次の瞬間、肉びらを押し開いてヌプリと挿入してきたのです。

「いっ……いたい、ああっ、つぅ……！」

と、破瓜《はか》の痛みを感じたのは、意外なことにほんの一瞬でした。

すぐにそれは快感に変わり、私は父の性器の抜き差しに合わせて、甘ったるい声で悶え喘ぐことになったのです。

「あうん、あっ、あっ、あっ、ああ、あはぁぁん……」

「はっ、はっ、はっ……小夜子、小夜子、小夜子ぉ……！」

それからものの五分ほどで父は私の中に精を放ち、私も生まれて初めて〝イク〟という感覚を味わわされることとなったのです。

幸い、父に妊娠させられるという最悪の結果にはならず、どうやら父もこの時のことをまったく覚えてはいないようでした。

その後、父はようやく立ち直り、今ではすっかり落ち着いて、私が嫁いだあとは今も実家で元気に一人暮らしをしています。

今でもこの夜のことを思い出し、戦慄を覚えると同時に、どうしようもなく興奮を覚えてしまう私がいるのです。

■課長の愛撫に喘ぎながら、むさぼるように私のほうを見ているその男と目が合い……

# 夜の公園で初めての露出アオ姦プレイ体験に弾けて！

投稿者 南川あい（仮名）／28歳／公務員

普段、お堅い仕事をしている人ほど、一皮剝けば中身はドロドロって本当ですね。私、とある政令指定都市の市役所に勤めてるんですけど、上司の課長と不倫してます。あ、もちろん私は独身で、三十五歳の課長のほうが家庭持ち。しかも、子供がなんと四人もいたりして……まあ、根がスキモノであろうことは想像に難くありませんでしたけど。

私と課長がそういう関係になって、もうかれこれ一年近くが経とうとしていた、去年の九月のことでした。

その日はいつものローテーション的に、ホテルで密会してエッチをする日だったのですが、課長が急にこんなことを言いだしました。

「今日はちょっと趣向を変えてみないか？　きみ、アオ姦ってしたことある？　一回してみたいと思わない？」

アオ姦っていうと……野外でエッチするってことですよね？

もちろん私、そんな動物みたいなこと、したことありません。

冗談やめてくださいって言おうとしたんですけど、そこでふと考え直しました。確かにその時、課長がそんなことを言いだした気持ちもわかったんです。私たちの関係も大概長くなってきて、はっきり言ってちょっとマンネリ気味……そこでちょっと変わった刺激を加えてリフレッシュしたい……そういうことだろうと。

なので、ちょっと不安ではあったんですが、課長の提案を受け入れてあげることにしました。

「ようし、じゃあ早速行こうか！　ここから車で三十分くらいの場所だ」

へ？　アオ姦するのにわざわざそんな所まで行くの？　という私の問いに課長は、

「ああ。この界隈だとそこが一番のメッカで、そりゃもうすごいらしいんだ」

と答えました。

メッカ？　すごい？

アオ姦って、その辺の人気のない野外で、エッチするだけじゃないの？　なんでそんなもったいぶった感じになるわけ？

私はとまどいましたが、とにかく課長に任せることにしました。

時刻は夜の十一時すぎくらい。課長の運転で着いた先は、とあるそこそこ大きな公園でした。子供向けの遊具がおいてあるような所ではなく、木々が豊富に植えられ、小山みたいな造成もそここに施された、いわば自然公園的な造りの所だったのです。

それはまあいいとして、驚いたのはその賑わいっぷりでした。

公園前の駐車場には何台もの車が駐められ、公園内のそこかしこに何組もの男女のカップルがうろつき蠢き、一定の間隔で設置された照明の灯りを避けるように適当な暗闇の中へと溶け込むように消えていくんです。

なるほど、これがメッカというわけね。

「さあ、僕たちも行こうか」

私は課長に肩を抱かれ、公園内へと分け入っていきました。

すると、さっきの遠目からはわかりませんでしたが、カップルたちがエッチに耽っているのは表からは見えない茂みの中とかだけではありませんでした。その辺にあるベンチや、広々とした芝生の上でも、堂々と痴態を繰り広げているのです。

「う、わ……こんなの、丸見えじゃないですか……！」

私が開いた口がふさがらないといった口調で言うと、課長がにんまりと笑って、さも嬉しそうに言ったんです。

「そこがここのすごいところなんだよ！　普通、アオ姦っていうのは、野外でやるっていうスリルを楽しむものだけど、あくまで第三者には見られないっていう安心感があってこそのもの。でもここは、カップルたちがお互いに自分たちのやってるとこを見せ合いっこすることで、より一層の刺激を味わえるっていう寸法なんだ」

つまり、アオ姦＋露出プレイってことですね。

そして、ここでそれを楽しむからには、絶対に他のカップルのことをスマホで動画に撮ったりすることは厳禁で、痴態を見せ合ってお互いに刺激し合いながらもプライバシーの尊重は厳守ということでした。

それを聞いて、私もやっと安心することができて、プレイに入っていくことができたのでした。今日び、そういうヤバイ画像をネットやＳＮＳにばらまかれることほど怖いものはないですからね。

私と課長は、空いているベンチを見つけて、そこに腰を落ち着けました。そして、二人並んで座ってお互いの服のボタンを外し、プレイのための隙間を作っていきました。私のブラウスの前がはだけられ、中のブラの前ホックも外され、暗闇の中でも乳房の白さが際立ち浮かびあがりました。

「うわ、すげぇきれいなオッパイ……」

と、その時、知らない誰かの溜息交じりの声が聞こえました。近くに陣取ってエッチに耽っていた別のカップルの男のほうが、私のことを見て感嘆していたんです。

その瞬間、私は羞恥心で体中がカーッと熱くなるのを感じました。とっさにブラウスの前を掻き合わせようとしたのですが、それを課長に押しとどめられました。

「大丈夫、大丈夫。すぐに、それがよくなるから……」

私はガマンして課長にされるがままに任せ、胸を揉みしだかれ、唇を強く、濃厚に吸われました。気持ちいい……だけど、今この瞬間もすぐそばの知らない人に見られてるなんて……ああ……っ！

するとどうでしょう、さっきまでの羞恥心に代わって、言いようのない興奮が身中に沸き起こってきたんです。見られることの快感に昇華した瞬間でした。

「はぁ、ああっ……ううん、んん……」

課長の愛撫に喘ぎながら、薄眼を開けてそばを見やると、自分の恋人の体の上で腰を動かしながらも、むさぼるように私のほうを見ているその男と目が合いました。その目は、暗闇の中でもらんらんとして私の肉体への欲望を剝き出しにしています。

なんだか、たまらない気分でした。

いつもの課長とのエッチとは、比べものにならないくらいの昂ぶりが襲いかかってきました。あっという間にアソコが熱く濡れてしまいました。

「ほらね、すごく興奮するだろ?」

課長が濡れた私の股間をグチュグチュといじくりながら言い、私はたまらず課長のズボンのファスナーを下ろしてアレを引っ張り出すと、自らパンティを下ろして、アソコの中に招き沈め入れていました。

「あっく……くぅ、ううん……はぁっ……!」

課長の膝の上で腰を振りながら、再び男と目を合わせました。

その目はこう言っているように感じました。

『このインラン女め……さあ、俺と一緒にイこうぜ!』

私はがぜん、腰を激しく振り立て、課長のモノを搾りあげました。

「う、ううっ……だめだ、もう……で、出るぅ!」

「あっ、ああ、ああん……!」

あっという間に二人、達してしまっていました。

これが私の初めてのアオ姦&露出プレイ体験。

クセになっちゃいそうで怖いんです。

■なんだか体中が性器になって、タスクという人間大のペニスに犯されてるみたいな……

# 怪しげなハーブのすごい効用で味わった衝撃快感！

投稿者 間宮はるか（仮名）／24歳／OL

あたし、高校を卒業してから去年までの五年間、役者になりたくて、アルバイトをしながら小さな劇団に属して活動してた。ま、結局はものにならなくて役者の道はあきらめて、今はお父さんのコネで小さな会社に入れてもらって働いてるんだけど。

これは、その役者を目指してた頃の、ちょっとムチャしちゃったお話。

同じ劇団に、タスクっていうかなりイケてたヤツがいたの。

そうね、今をときめく若手イケメン俳優の松坂○李をもっとワイルドにした感じかな。とにかくかっこよくて、若い劇団員の女の子を次から次に食っちゃって、そりゃもう修羅場もしょっちゅうだったわ。

そんなタスクと、あたしはけっこう気が合って、もひとつ言えばカラダの相性もよくって、お互いにあまり干渉し合わないセフレ関係だったのね。気持ちよくなりたいと思えばセックスして、でも相手が他の誰とつきあおうが気にしない……すごく気楽でいい距離感だったと思うわ。

ある日、タスクが、いいものが手に入ったって言ってきた。

「いいものって何？」

「うん？　知りたい？　試したい？」

「試したいって何よ？　なんかヤバイやつ？」

「いいや、ヤバイってわけじゃないけど……それなりの覚悟がいるっていうか」

「んもう！　めんどくさいわねえ！　わかったわよ、あたし、試したい！」

あたしったら、すっかりタスクの焦らし戦法にはまっちゃって、ついついそう言っちゃってたの。ほんと、おばかよねえ？

「わかった。じゃあ、今日、俺のアパートで」

まあ、この時のやりとりで、あたしもその〝いいもの〟が何か、だいたいのベクトルがわかりつつはあったんだけど……。

そしてその日の夜、あたしはバイトの帰りにタスクの部屋を訪ねた。

最初はいつもみたいに二人で安い発泡酒飲みながら、くだらないことだべってたんだけど、ふと、タスクが話を振ってきた。

「じゃあ、そろそろ試そうか？　例の、いいもの」

「いいけど……本当にヤバイもんじゃないんだよね？」

「もちろん、合法、合法！」

そして取り出してきたのは、ビニール袋に入った、もみ殻のような、枯れた葉っぱのような……。あたしが怪訝そうな顔で見ていると、

「これはね、ハーブの一種でれっきとした薬効のあるものなんだ。これをこう火でいぶるとね、とってもいい香りがしてくるんだ……」

タスクは言いながら、お気に入りの香炉の中にそれをひとつまみ入れると、ライターを取り出して火をつけた。すると、途端に今まで嗅いだことのないような奇妙な、でも、えも言われず心地いい香りが辺りに漂ってきたわ。

口と鼻腔から入り込んできたその香りが、あたしの体内を巡り流れると、頭がボーッとなって、体中の血管が温かくなったみたいにポカポカしてきて……次第にもう熱くてたまらなくなってきた。

「ああ、なんだか……すごく、熱い……」

「うん、俺もだよ。こんな邪魔な服、脱いじゃおうぜ」

タスクは言い、先に自分が裸になると、続けてあたしの着ているものをさっさと剝ぎ取ってしまった。見ると、タスクのペニスはもうガチガチに硬く大きくなってたわ。

「うわ、タスクの、すごい……」

「ふふ、俺だけじゃないぜ。ほら、そっちもそろそろ……ね？」

言われるまでもなく、あたしのカラダにも変化が表れつつあった。

乳房全体がパンパンに膨張した感じがして、血流が先端の乳首目がけてごうごうと音を立てながら流れ込むような感覚で、おかげで今にも弾け飛んじゃうんじゃないかと思うくらい、乳首がビンビンに突っ張ってジンジンして……自分でも怖いくらい、赤ピンク色に充血してるみたいだった。

「あ、ああ……なんだか、あたし、ヘンだよお……」

あたしがたまらずそう訴えて体をよじらせると、タスクはニヤリと笑って、

「じゃあ、ちょっと触ってみようか？」

と言い、あたしの両方の乳首を指で摘まんできた。

その瞬間、信じられない衝撃が走って、あたしはマジ、乳首が消し飛んじゃったかと思った。きゃあぁぁっ！　て、絶叫して。でも、その次に訪れたのは、えも言われぬこそばゆさで……ほら、ずっと正座してて足がしびれちゃったところを触られた時みたいな。うわっ、って思ってるところに、今度はそれがめくるめくみたいな快感に変わってきて！

「あん、ああ、ひあああっ……か、感じる、感じちゃううぅ……んあぁっ！」

「ほら、俺のも触ってよ」

悶え喘ぎながら、必死で言われたとおりタスクのペニスに触れ、パンパンに膨らんでる亀頭のところを握りこねてあげると、

「う、うあっ……す、すげぇ、き、気持ちいい……や、やばっ！」

なんとタスクったら、それだけで射精しちゃったの！　ドクドクッ、ドピュッて。

「あ、ああ、タスク、出ちゃったぁ……」

あたしが呆然としてると、

「だ、大丈夫……またすぐ硬くなるからさ。ほら、もっとしごいてよ」

言われたとおりにしてあげると、本当にあっという間にまたすごい勃起してきて。タスクってばヤリチンだけど、こんなに回復力あったっけ？

「ふふ、このハーブのおかげさ。これを嗅いでる限り、延々とできるんだってさ。ほら、はるかのここも触ってあげるよ」

まるであたしの心の声が聞こえたようにそう説明すると、タスクは今度はあたしの股間に触れてきて……。

「あひぃ、ひっ、ひぃ、ひいっ、くはっ、あ、あああああっ……！」

それはもう、さっきの乳首どころの騒ぎじゃない怒涛の快感が巻き起こって、あたしマジ、失神するかと思っちゃったくらい。

そして、いよいよタスクのペニスがあたしの肉壺の中に入ってくると、その挿入の快感が、ぶわって全身に広がった感じがして、なんだか体中が性器になって、タスクという人間大のペニスに犯されてるみたいな……ああ、もう、とにかく信じられないくらい気持ちよかったってこと！

あたし、いったい何回イッちゃっただろう？　四回？　五回？　いやもっと？　少なくとも、タスクは全部で四回射精したことは覚えてる。ハーブの効用が切れたあと、ヤリすぎてペニスがヒリヒリして仕方なかったんだって。

幸い、本当にそのブツはヤバイものじゃなかったらしく、あたしもヘンな後遺症を覚えることもなかったけど、まあ、若気の至りといえばそのとおり。

ちなみにタスクのほうはまだ劇団をがんばってて、最近、役者としてけっこう評価されてきてるらしい。

やるじゃん、ヤリチン野郎！（笑）

■私は亀頭のくびれに歯を当てて噛みながら、そのまま竿の上を上下動させて……

# 快感！イケメンセレブ男を容赦なくいたぶって

投稿者　島崎綾香（仮名）／36歳／専業主婦

出会い系サイトで知り合った四十歳の男性。

なんでも、誰もが認める日本一の大学を卒業して一流企業に就職。その後起業して、今ではその会社が年商十億を上げるまでに成長してるってことで、なるほど、待ち合わせ場所に彼は、スポーティーなタイプのピカピカのベンツで現れ、私を拾ってくれました。見るからに仕立てのいいスーツに身を包み、立ち居振る舞いもとっても洗練されててかっこよくて、さて、こんなイケメンセレブはいったいどんなエッチで私を楽しませてくれるんだろうって、ホテルのレストランで一緒に食事をしながら、期待は高まる一方でした。

食事を終え、いよいよ私たちは彼がとってあった部屋に入りました。

順番にシャワーを浴びて身ぎれいにして、お互いに裸にバスローブという格好になって、暗めに設定したオレンジ色の室内照明の中、向き合いました。

ああ、胸がドキドキ、アソコがズキズキしてきた……。

そして、私に近づいてきた彼が、そっと耳元で囁きました。

「僕のこと、縛って」

はあ？

私は思わずそう聞き返していました。

縛る？　どういうこと？

そう、彼はそっち系のヘンタイ男子だったのです。

「僕の両手両足をそれぞれベッドの四隅に縛りつけて、いやらしいことをいっぱい言いながら、いたぶってほしいんだ」

マジか。めんどくさあ。それっていわば、自分は何もしないからご奉仕しろってことよね？　言葉を代えれば被虐嗜好のM男くん。

私、これだけスペックの高い男だから、さぞハイグレードなエッチをしてくれるんだろうって期待してたのに、やっぱり人間、学力とかエリートとか関係ないわね、バカはバカ、ヘンタイはヘンタイってこと。

でも、たぶん、言うとおりにしてあげれば、それなりの見返りはくれるはず……私は落胆を振り払い、開き直って対処することに決めました。

「わかったわ。じゃあ、容赦しないから覚悟してよね」

私は言い、バスローブを脱いでベッドに横たわった彼を、言われたとおり（用意がいいことに彼がちゃんと持参してきた、肌を傷つけない特別な素材で作られたロープを使って）ベッドに縛りつけました。

きっと、週二～三回はジムに行って鍛えているのでしょう。四十歳という年齢にしては引き締まったイイ体をしています。

でも、正直、肝心のアソコはそれほどのものには見えませんでした。

まあ、勝負は勃起してからだもんね。これからに期待しましょ。

私はそんなことを思いながら、自分もバスローブを脱いで、ベッドの上で大の字になった彼の前に全裸で立ち、威圧的に見下ろしました。

「さて、どうやっていたぶってあげようかしら。このちっちゃな乳首からかな？」

私はベッドの上に膝をつくと、自慢の長く伸ばした爪を使って、彼の両方の乳首を摘まみ、それなりの力を入れてねじり上げました。

「あはっ、は、くぅ……っ！」

彼の喘ぎは、苦悶を感じさせながらも、やはりそこにはM的な喜悦の響きがありました。その証拠に、乳首をさらにねじり上げるほどに、それはピンピンに立ってきて、まるで、もっともっとと訴えているかのようです。

「あらあら、こんなに乳首立てちゃって……とんだヘンタイくんねえ。そんな子には、もっと手ひどくお仕置きしてあげなくっちゃねえ」

私は次に、ずいと体を乗り出して彼の胸元に顔を持っていくと、今度は乳首を歯で嚙みながら、片膝を使って股間のアレを押しつぶすといういたぶりを仕掛けました。

乳首をギリギリと嚙みしめつつ、膝小僧をグリグリとまだ柔らかく小さい竿にねじ込ませると、

「はうっ、うう……く、くはぁっ……」

彼はさらに歓喜の色をにじませた、大きな喘ぎ声をあげました。

と同時に、膝小僧の下のモノが見る見る力をみなぎらせていくのがわかりました。

うわ、やっぱドM、これがいいんだ！

私はそう思うと楽しくなると同時に、だんだん自分も興奮してくるのがわかりました。乳房が張り、アソコが熱を持ってきています。

「ほらほら、これがいいの？　ほら、ほらっ！」

私はさらに膝のグリグリの圧力とツイスト具合を高めて彼を責め立てました。

あらあら、とうとう完全に勃起しちゃいました。

それは、ちょっと期待したほどの膨張度ではなかったけど、今となっては逆にそれが私の女王様的テンションを効果的に高めてくれたのです。

「何これ、勃起してもこの程度なの⁉　お粗末ねえ！　ほんと、あんたってどうしようもない男ねえっ！」

「ああっ、す、すみません！　許してくださぁい！」

私の叱責に、彼はさらにエモーショナルに反応し、滲み出した彼の先走り汁が膝小僧をネットリと濡らすのがわかりました。

「ダメ！　許さないわ！　お仕置きとして、私のココに奉仕しなさい！」

私は体を起こして、今度は上下逆さまに覆いかぶさると、今やS的興奮のおかげで汁気をたたえているアソコを彼の顔に押し付けてやりました。そしてオーラル奉仕を強制しながら、私も彼のモノを咥え込んだのです。

もちろん、ただのフェラではありません。それなりに力加減をセーブしつつ、亀頭のくびれに歯を当てて嚙みながら、そのまま竿の上を上下動させて……。

「んぐぅ、ふぐぅ、うううううううっ、ぐふぅっ……」

彼は悶絶しつつ、でもしっかりと勃起具合を上げながら、私のアソコを必死でむさぼってきました。そのメチャクチャな舌と唇の動きが逆に刺激的で、股間で次々と快感の火花が炸裂するかのようでした。

「んんっ、んはっ、はぁ……ああ、もうダメっ！」

いよいよ性感が極まってきた私は、嚙みフェラをやめ、再び彼に正面から向き合う形で馬乗りにまたがると、騎乗位でモノの上にアソコを沈めていきました。そして、また彼の乳首を爪で思いっきりねじり上げながら、腰をバウンドさせるように激しく強制挿入を繰り返したのです。

「あ、ああっ、ああ、とっても……いいですぅ～～～……」

「はっ、はっ、はっ……ほら、下からも目いっぱい突き上げるのよ！　そう、そうよ……もっと激しくぅ……あっ、あああっ！」

私はほどなくイッてしまいました。

でも、彼が射精しそうになる寸前に身をかわし、そのモノの根元をギュッと握り締めて、イクことは許しませんでした。

「あ、ああっ……そ、そんなぁ……」

その瞬間、彼は不満そうな声をあげましたが、案の定、それもまたM的悦びをいたく刺激してあげたようで、

「お、お願いです……そこ、ひもで縛り上げて、もう一回オマ○コに入れさせてくだ

さい……す、すごく、いい……」

ほらね。

私は言われたとおり、竿の根元を縛って精通を止める形にして、再び騎乗位で彼の上で腰を振ってあげました。

その間に私はさらに二回イき、最終的には彼の竿の縛めも解いてあげて、思いっきり射精させてあげました。いやもう、その量と勢いときたら、そりゃすごいものがありました。

私とのプレイにいたく満足したであろう彼は、別れ際に決して少なくはないお小遣いを手に握らせてくれました。また近いうちに会いたいって言われたけど、主人も来週には単身赴任から戻ってくるから、ちょっと難しいかもって答えました。

このように、私の初めてのプチ女王様エッチ体験は、なかなか楽しいものでした。

■彼の硬くて巨大なアレが私のおへそから乳房の上のほうにかけて押し付けられ……

# 仕事のために初めてアメリカ人男性と交わって

投稿者 沢村一穂（仮名）／29歳／翻訳家

外国語大学を卒業し、今は「ハーレ○イン」などの海外ロマンス小説の翻訳家として仕事をしています。

ただ、皆さんご存じ（かな?）のとおり、こういう小説ってものすごく官能描写が激しくて具体的なのにも拘わらず、私、外人男性とエッチしたことはおろか、彼らの裸（というか、ぶっちゃけアレですね）すら見たことがないという有様でして……なんか、自分でセックスシーンを翻訳していても、今いち描写にリアリティを欠いているんじゃないかと不安に思っていた次第なのです。

同じ女性翻訳家仲間にそのことを話すと、

「うん、たしかにそれは問題ね。自分の目で実物を見て、しかもそれを体感しておかないと、説得力のある描写なんてできるわけないもの。読んでくれる読者さんに失礼っていうものだわ」

と言われ、さらに、

「わかったわ。そういうことなら、私の知り合いですごくいい子がいるから紹介してあげるね。ちゃんと実地で体験してみなさい」

とか、頼んでもいないのにさっさと決められちゃって。

実地？　マジで⁉

お節介かつ行動力溢れる彼女のおかげで、翌日早速、私はアメリカ人の青年、ジェームズ（二十七歳）と引き合わされたんです。

なんでも彼、向こうの大学でアメフト選手として活躍していたということで、なるほど、身長百九十センチ、体重九十五キロというムキムキの巨漢なうえ、ブロンドのハンサムボーイで、最初に都内のカフェで会って話したのですが、周り中（特に女子）の視線を独り占めという感じで、とにかく目立っていました。

そして、善は急げとばかりに、私たちは近くのラブホにチェックインしたのです。

部屋に入って、私が先に一人でシャワーを浴びようとすると、彼も一緒に浴びると言って聞かず、仕方なく、二人でバスルームに入りました。だって私、自分の体に全然自信がなくて……胸は小さいし、そのくせお腹がちょっとポッコリしてて、日本人らしい幼児体形で。まあ色が白いのは少しだけ自慢だったりもするのですが、それは根っからのインドア派ゆえであって、美白というよりも青白いと言ったほうが正しかったりもするし……でも、ジェームズは流暢な日本語で、

「オオ、カズホさんのカラダ、とってもキレイ！　カワイイ！　まるで日本人形のようです。ボクがていねいに洗ってあげますね」

と言って、満面の笑みを浮かべながら手にボディシャンプーをとって目いっぱい泡立てると、私の体中に塗りたくってきました。

（キレイ、カワイイ……）

アメリカ人ならではのリップサービスかもしれないけど、私は恥ずかしい反面、とっても嬉しくなってしまって、見る見る気分がアガッていくのを感じました。そしてそれと同時に、やっと彼の体をまじまじと見る余裕も出てきて……ピチピチのたくましい胸板、極太の上腕二頭筋、見事なシックスパックの腹筋、そして……だらんとした平常時でさえオオサンショウウオのごとき存在感があるというのに、だんだんムクムクと立ち上がり、ついには私の眼前で全長二十センチ超、直径五センチ弱という巨大サイズに勃起したアレ！

「オオ、カズホさんのプリティなボディに興奮して、こんなになっちゃった。さわってくれますか？」

ジェームズににこやかにそう言われ、私は恐る恐るソレに手を伸ばし、亀頭のくびれの辺りを手のひらで包みました。そして、泡まみれ状態のソレをニュルニュルとしごいて……。

「オウ、カズホさん……とってもキモチいいです……アア」

ジェームズはそう喘ぎながら私の体にも手を伸ばして、泡をのばしながら乳房を揉み回し、乳首をよじりこねてきました。太い指に似合わぬ繊細でやさしいタッチがえも言われず気持ちよくて……。

「あ、ああん、ジェームズ……いい、いいわ……は、ああん……」

私は喘ぎながら、思わず彼のアレをしごく手の動きにも熱が入ってしまい、それに応えて手のひらの中のソレがビクビクと激しく脈打つのがわかりました。

「はうっ、うう……カ、カズホさんっ……んあっ！」

たまらずジェームズが私を抱きしめてきました。

身長差が三十センチあるものだから、彼の硬くて巨大なアレが私のおへそから乳房の上のほうにかけて押し付けられ密着し、ヌルヌルと蠢きました。その感触があまりにも淫靡で、私のアソコのほうも熱く疼き、滴ってくるのがわかりました。

「あはっ、はぁ、はぁ、はぁ……」

「オ、オオ、オオウッ……」

泡まみれになりながら、二人ヌチャヌチャ、ニュルニュルとからみ合っているうちに、いよいよ私も極限まで昂ぶってきてしまいました。

「ああ、ジェームズ……私、もうガマンできないの、ねえ、入れて！　今ここで……早く入れて！」

私はそう叫び、ジェームズもそれに応えて、

「はい、ボクももうカズホさんの中に入れたいです！」

と言い、バスチェアーに座ると、私の体を軽々と持ち上げ、自分の屹立したアレに向けて下ろしていき……ニュブ、ニュブブブ、と合体していきました。その直前、こんな巨大なモノが入るかしらと一瞬の不安に駆られた私でしたが、ボディシャンプーの泡が絶好の潤滑剤として作用してくれたようで、思いのほかすんなりと呑み込むことができたのです。

「オオッ、カズホさんの中、とっても……狭い！　ああ、すごい締めてくる……はぁ、はぁ、はぁ……くうっ！」

「ああん、ジェームズゥ！　す、すごいぃ……し、子宮までガンガン突いてくるぅ！ああ、はぁあああんっ！」

ジェームズは私の体をいとも簡単に上下にアップダウンさせ、そのたびに快感の火花が私の胎内で爆発しました。

「あっ、あっ、あっ、ああああっ……！」

「うっ、くぅ……んんっ……！」

そして、私はロケットのように噴き上げるジェームズの精の奔流を胎内で感じながら、とうとうオーガズムの果てに吹き飛ばされたのでした。

初めてのアメリカ人男性とのセックスは、彼のやさしさもあって、本当に心身ともに心地よく、忘れられないものとなりました。

さあ、この体験を活かして、より読者の皆さんを満足させられる翻訳をしなければ！

そう心に誓った私なのです。

■私はマ○コへの挿入とは全然違う、えも言われぬ快美感に翻弄されてしまって……

# 初めてのアナル快感は想像をはるかに超えて！

投稿者 阪上仁美（仮名）／27歳／パート主婦

同い年で仲のいいパート仲間の千恵子の爆弾発言。

「あたしね、この間生まれて初めて……アナルSEXしちゃった」

「マ、マジでっ……!?　で、どうだった？」

「それがね、とーってもよかったのよ、これが！　普通のファックとは全然違う快感なんだけど、これがまたすごく新鮮でねぇ。うん、あれは絶対に一度は体験しておくべきね」

なんてこと言うもんだから、私、なんだかもう居ても立ってもいられなくなっちゃって……即、千恵子にこうお願いしてたってわけ。

「その、セフレの飯塚さん（仮名）だっけ？　アナルSEXのベテランだっていう……ねえ、私も彼に一度、お願いできないかなあ？」

「うん、わかった！　聞いてみるね」

そしたら、あれよあれよという間に話はまとまって、飯塚さんは私のお願いを快く了承してくれて……今、私と彼はラブホの部屋で二人っきり。

「仁美さんみたいに魅力的な奥さんのアナルを開発できるなんて、そりゃ僕としては嬉しいけど、試しに一度、ダンナさんにお願いしてみたらいいのに」

「ああ、あの人はダメよ。ゴリゴリの堅物なんだから。私がそんなこと言おうものなら、マジ離婚まであるかも。このヘンタイ女があ！　って言って」

「ハハハ、まさか」

いやマジで。典型的なド真面目公務員だもの。でもまあ、だからこそ将来的にもド安定で、結婚相手としては申し分ないんだけどね。

「ねえ、そんなこともういいから、早くしましょ？」

「はいはい、じゃあ始めましょうか」

飯塚さんはそう言うと、自分のバッグの中をガサゴソと探りだして、何かを取り出してきた。それは……、

「……か、浣腸？」

「そ、浣腸。まずはこれでお腹の中をきれいさっぱりさせることから始めないとね。さあ、四つん這いになってお尻をこっちに向けて」

私は、ちょっと恥ずかしかったけど、パンツを脱いで言われたとおり、彼のほうに向けてお尻を突き出し……、

「ひっ……っくぅぅ……！」

アナルに異物の挿入感を感じ、続けて冷たい流入感がニュルニュルと……。

「よし、全部入った。これでしばらくガマンしようか。ギリギリまでがんばったほうが、いっぱい出て、より腸の中がきれいさっぱりするよ」

そんなものなのかな……私が四つん這いの格好のままじっと待機していると、きたきたきた！　お腹の中がキュルキュルと激しく唸りだし、続いて尋常じゃない排泄感が襲いかかってきて……！

「あっ、ああ、んぐぅぅぅっ！」

「まだまだ！　もうちょっとガマンして！　さらにお腹の中がいっぱいいっぱいになってくるまで。そうそう……うん、今だ！」

彼のGOサインが出るや否や、私はトイレに駆け込んで思いっきり……（自主規制）……あ〜っ、信じられないくらいスッキリした！

「よし、じゃあ今度は僕がきれいに洗ってあげるよ」

飯塚さんはそう言って服を脱ぎ、私も裸にされて、二人でバスルームへ。ボディシ

ャンプーを使ってお互いに全身をきれいに洗ったあと、私は浴槽の縁に両手をついてお尻を彼のほうに向けさせられ……お尻の穴の周辺とその中を、指で入念に入念に洗ってもらって。

「あ、あん……ああっ」

「うん、とってもきれいなアナルだよ。じゃあ、万が一のことがあったらいけないから、このままここで続けていこうね」

彼はいったん私のアナルから指を抜くと、今度はそれにたっぷりと透明なジェルのようなものをからませて、再び挿入……アナル周辺を柔らかく揉みほぐしながら、直腸内を押し広げるようにヌチュヌチュ、グチュグチュ、ニチャニチャと蠢かせ、掻き回し、押し込んできて。

「んあぁあっ、はひ……くはぁぁっ……」

生まれて初めてそんなふうにアナル内をいじくられて、私はなんとも言いようのない妖しい感覚に、身を震わせて喘いでしまって！

「うん、とってもいい感じだよ。アナルがヒクヒクとわななないて、僕の指をキュウキュウ吸い込もうとしてる。ほら、こっちのほうもつられてヨダレを垂らし始めてる」

彼のもう一方の手がオマ○コのほうにも触れてきて、確かにその瞬間、そこは彼が言ったようにグチュグチュといやらしい音を立てて啼いたのね。

「うん、もう少し、もう少し。じゃあ仁美さん、今度は僕のを大きくしてよ」

飯塚さんはそう言うと、今度は自分が浴槽の縁に座って、私に自分のチ〇ポをしゃぶるように要求してきて、私はそれに応えて彼の股間の前にひざまずき、四つん這いの格好になった。そして、一生懸命にフェラを始めた私の後ろのほうに手を伸ばし、彼はアナルの中を執拗に責め、弄んでくる。

「んふあっ、あはっ……ふはぁ……！」

「ああ、いいよ……絶妙の舌遣いだ……はっ、はあぁっ……」

私の口の中で彼のチ〇ポはまたたく間に硬く膨張し、容赦なく喉奥を犯してくる。

「ああっ！　も、もういいだろう……じゃあいよいよ仁美さんのアナルに僕のチ〇ポを入れるとしようか。さあ、マ〇コから溢れ出してる、この自家製の潤滑油をあらためてたっぷり塗って……と」

私のアナルは自分のマ〇コ汁で完全に柔軟化され、それを見極めた飯塚さんが立ち上がって勃起チ〇ポを振りかざし、再び浴槽の縁に手をつかされた私の背後に回り込んできた。

そして襲いかかる、初めてのアナルへの太く硬い挿入感！

入る一瞬、痛みを伴ったメリッという炸裂感を覚えたものの、一番かさのある亀頭部分が入口を通過してしまうと、あとはびっくりするくらいにスムーズで、私の直腸はズルズルとチ○ポ全体を呑み込んでしまった。

「う……うおおぉっ、し、締まるぅ……や、やっぱりアナルは最高だぁっ！」

私のお尻に腰を打ちつけ、チ○ポで直腸内をえぐりながら、飯塚さんは恍惚とした声音でそう呻き、ヨガった。

私のほうもそうされて全身を揺さぶられながら、たしかに千恵子が言ったように、マ○コへの挿入とは全然違う、えも言われぬ快美感に翻弄されてしまっていた。チ○ポがググッと奥まで沈み、それが抜き出されるたびに、まるで内臓全体をもっていかれるんじゃないかと思ってしまうような、恐怖すら感じさせる淫らな引力にとらわれてしまう！

「んはぁっ……はっ、はっ、はっ……ひはあぁっ！」

「くはっ、くぅ……ううっぐ……」

飯塚さんはアナルへのピストンをどんどん速く激しくしながら、同時に私のクリちゃんまでいじり責め立ててくるものだから、その初体験の怒涛のエクスタシーに翻弄され、オーガズムの大波があっという間に押し寄せてきた。

「あっ、だ、だめぇ、イク……イッちゃう、イッちゃうのおっ！」

「はぁ、はぁ、はぁ……ひ、仁美さぁん！」

とうとう、飯塚さんは一声大きくそう呻くと、私のアナルの中にドクドクと精をほとばしらせ、私の直腸内を白濁液の奔流が満たしていった。

「は、はあぁぁぁ〜〜〜〜〜っ……」

もちろん、私もかつてないほどに大きな絶頂感を味わい、頭の中が真っ白になってしまったようで……たっぷり五分ほども動けなかったくらい。

こうして、私の初めてのアナルＳＥＸ体験は、想像をはるかに超えた満足感に満ちたものになったというわけ。

■アソコが啼きむせぶ、とんでもなく淫らな音が静まり返ったオフィス中に響き渡り……

# はじめてのオフィス不倫エッチに激しく乱れまくって！

投稿者　江藤静香（仮名）／30歳／OL

私、妻子持ちの課長（四十一歳）と、もうかれこれ二年くらい不倫してるんだけど、意外と（そうでもないか？）まだ一度もオフィスでエッチしたことがなくって……一回でいいからやってみたいなって思って、課長に言ってみたんです。そしたら、

「まあ、うちみたいな小さな会社、オフィスに防犯カメラがあるわけでもないし、たまにはそういうのも刺激があっていいかもな。そうだ、ちょうどいい。今日はもう他の皆は定時で帰っちゃって誰もいないから、今からやろうじゃないか。どう？」

って、まさかの即断即決！

まあもとより、その日は金曜で、普通に二人でホテルに行く気だったから、時間的都合＆肉体欲求的には準備ＯＫ状態だったのですが、まさか、私のふとした思いつきが、こんなに素早く実現するとは……さすがわが社のエース課長、結局すぐやる人が成功するってことね！（あれ、こんなタイトルの本を書店で見かけたような……？）

時刻は夜の八時になろうとしていました。うちはビルの三階にあるんだけど、うまい具合に窓を挟んで向かい側にあるビルの同じフロアは電気が消えて真っ暗で、ここで何をやろうが向こうから覗かれる心配はなさそうです。

「江藤くん……」

「課長ぉ……」

私たちはオフィスの真ん中で立ったまま抱き合い、キスし始めました。課長はとってもキスが上手で、この段階で、私の性感はかなりメロメロになってしまうんです。課長の唇が強烈に私の口を吸いむさぼったあと、その意外に長い舌が口内に入り込んできて、ところ狭しと舐め回しだしました。歯と歯茎からその裏側、上下の口蓋まで……のたくる舌の感触が、私を陶酔に導いていきます。そしてそのまま私の舌にからみつき、レロレロ、ヌチュヌチュと舐め搾ってきて……。

「はぁう、んふぅ……んぐぶっ……んはっ……」

私は淫らに喘ぎつつ、溢れ出る唾液を押しとどめることができません。

課長はまるで、そうやって滴り落ちる唾液で私の、そして課長のスーツが汚れるのを防ぐかのように、キスしながら素早く巧みに双方の服を脱がしていきます。

「はあ、あふ……江藤くん、んふぅ……」

私の紺色の上着は脱ぎ滑り落ち、白いブラウスのボタンが外され肩からずりはだけられて、いかにも滑らかな動作で課長はブラジャーも外してしまいました。

私も負けてはいられません。課長はネクタイ、ワイシャツは自分でほどき、脱ぎはだけましたが、ズボンは私がベルトを外しチャックを下ろしてずり下げさせ、もう前部分が張ってきているブリーフの中に手を突っ込んで、掴んだペニスをクニュクニュ弄び始めました。

「あ、江藤くん……んっ、んんん……」

「はぁっ、か、課長……」

課長が私の胸を吸ってきました。

滴った唾液でヌラヌラと照り光っている乳房にかぶりつき、遮二無二舐め回し、乳首をチュルチュルと吸い上げて……私はその気持ちよさのあまり腰砕けになり、ふらつきながらデスクにもたれかかってしまいます。

「江藤くん、しゃぶって……」

課長にねだられ、私はデスクに寄りかかって立つ彼の前にひざまずくと、ブリーフを膝元までずり下ろして、ブルンと弾けるように振り立った勃起ペニスを咥え込みました。そして、その大きく張り出した亀頭をねぶり回し、激しく首を上下動させて竿をしゃぶり立てて……。

「おおっ……江藤くん、いい、いいよ……はぁっ……」

課長のヨガリ声を聞きながら、ふと窓ガラスを見ると、そこにはタプタプと乳を揺らしつつペニスを頬張る、どうしようもなく淫乱な一人のＯＬの姿が映っていました。でも、それで羞恥心に苛まれるどころか、私ってばますます興奮しちゃって……！

「ああっ、課長……私のも、私のオマ○コも舐めてぇっ！」

そう言って、今度は攻守交替。

課長は私をデスクの縁に座らせ、下半身を剝いてパンティを引き下ろすと、前に屈み込んで股間に顔を突っ込んできました。そして、クリトリスを舌先でつつき転がしながら、舌全体を肉割れの中に差し入れてニュロニュロと内部を掻き回してきて……。

「はひっ、ひぃ、ああうう……」

「あう、んじゅっ、じゅるじゅるじゅるぅ……うぶ、江藤くんのマ○コ汁、とってもおいひいよほ……はぶ、んぷっ……！」

ビチャビチャ、ジュルルル、ズチュゥゥゥ……と、私のアソコが啼きむせぶ、とんでもなく淫らな音が静まり返ったオフィス中に響き渡り、そこをえも言われぬ好色な空間に変えていきました。

「ああ、課長……もう、もうダメ！　課長のオチ○ポ、私のオマ○コにくださぁい！」

もはや私は恥も外聞もなくそう懇願し、課長もそれに応えて、私をデスクから下ろして後ろ向きに両手をつかせると、しっかりと尻肉を摑んで、バックから深々と挿入してきました。そして、いつもより何倍も高らかに、パン、パン、パン、パン……と腰を打ちつけ、責め立ててくれて……！

「あん、あん、あん、あん……あぁっ、いい～～～～っ！」

「はぁ、はぁ、はぁ、え、江藤くんっ……！」

普段、皆が一生懸命仕事をしてる場所で、こんなことしてるなんて……！

そう思うと、ますます私の性感ボルテージは上がってしまい、ものの数分で最初のオーガズムを迎えてしまいました。

そしてその後、二回、三回とイキつつ、課長の激しい放出を胎内で受け止め、呑み込んだんです。

初めてのオフィス不倫エッチに、大満足の私たちなのでした。

■激しいタックル並の彼の高速ピストンにガクガクと全身を揺さぶられ……

# アメフト野郎のたくましい肉体を女四人でむさぼって！

投稿者 木島美咲（仮名）／32歳／専業主婦

私、これでも独身時代はすごくもてたんですよ。

大学からOLしてた時にかけての十年間、つきあった相手は二十人は下らないんじゃないかしら。もちろん、ほとんど男のほうから言い寄られて。

なのに、二十八歳で今の主人と結婚してからは、まあ、当然といえばそうだけど、エッチする相手は彼一人だけ。それでも、最低でも週イチでしてくれるんならいいんだけど、新婚の頃こそ週二～三だったのが、結婚四年目の最近ときたら、月イチだって怪しい有様で……はっきり言って私、爆発しそうな欲求不満を抱えて、日々悶々としてたんです。

そんな時でした。

仲のいい主婦トモの明美さんから、こんな話を持ちかけられたのは。

「美咲さん、そんなにエッチに飢えてるんだったら、今度ちょっと一緒に楽しいことしてみない？」

楽しいこと？　それっていったい……？

私が問うと、彼女の説明はこうでした。

「あたしがつきあってる大学生のセフレがいるんだけど、こいつがもう超がつくほどの絶倫ヤリチン野郎でね。はっきり言って、あたし一人相手じゃ物足りないなんてぬかすのよ。それでね、そんならソノ気のあるエッチ好きの主婦仲間何人かでやってやろうじゃないのっていうことになってね。実はもう、ほら、美咲さんも知ってる京子さんと亜紀さんとは話がついてるんだ。どう？　よかったら美咲さんも乗る？　たぶんヤツとしては相手が三人よりも四人になったほうが、より喜ぶと思うのよね」

なんと、なんと、私が知らないうちにそんな話が進んでたなんて！

もちろん私、即断で参加の意思を表明しましたとも！

そんな美味しい話、乗らない手はありません！

「OK！　じゃあ、日時は追ってLINEで知らせるね」

ということで後日、それから十日後の土曜の午後に決定との知らせが届きました。うまい具合にその日は、主人も泊まりがけで仲間とゴルフに出かける予定ということで、私の期待はどんどん膨らみ、アソコは疼いちゃって仕方ありませんでした。

そしてついに当日。

私は朝イチで車で出かけていく主人を見送ったあと、手早く家事を済ませると、お風呂に入って入念に体を洗い、ヘアメイクや化粧など準備怠りなく、万全の態勢を整えて、指定されたホテルの一室へと向かったんです。まあ、プレイが始まっちゃえば、汗や唾液やその他いろんな汁でドロドロのグチャグチャになって、化粧も何もなくなっちゃうとは思いますけどね（笑）。

ホテルの部屋に入ると、他の皆はすでにもう揃っていました。

バストGカップのグラマラス・ボディが自慢の発起人・明美さん（三十三歳）。

モデル並みのスレンダー体形が魅力的な京子さん（二十九歳）。

透きとおるような色白美人の亜紀さん（三十一歳）。

そして、スリーサイズは十人並みだけど、形のいい美乳にはまあまあの自信がある私、三十二歳。

そしてそして、忘れちゃいけない本日の主役、大学生の志郎くん（二十一歳）。なんと現役のアメフト部員ということで、その鍛え上げられたマッチョボディはまさに生唾もの！　顔も筋肉タレントの照◯っぽくて、なかなかイケてます！

「じゃあ、時間ももったいないし、早速始めましょうか」

明美さんの鶴の一声で、皆一斉に服を脱ぎ始めました。

でも、私を含めて、明美さんと志郎くん以外の三人はまだちょっと羞恥心と踏ん切りの悪さがあって、脱衣する手際もなんとなくノロノロ……。

そこはさすが明美さん、そんな往生際の悪い私たちのことはほっといて、バカでかいキングサイズのベッドの上で、なんのためらいもなく全裸で志郎くんとからみ合い始めました。

二人、ベッドの上で膝立ちになり、お互いの体をまさぐり合いながら、舌をからめた濃厚なキスを私たちに見せつけてきます。

志郎くんの肉厚の手が明美さんの乳房を揉みしだき、明美さんのしゃれたネイルに彩られた手指が志郎くんのペニスを撫でしごいて……。

「んん、はぁっ……」

明美さんの軽い喘ぎとともに、志郎くんのペニスがムクムクと大きくなって、あっという間に巨大な肉棒へと変貌していきました。

思わず脱衣の手を止めて、そのさまを食い入るように見ていた私たちでしたが、がぜん身中で欲望の炎が激しく燃え上がり、もう急いで三人全裸になると、二人の間に乱入していったんです。

私も、私も！　って。

明美さんとキスを交わしてるままの志郎くんのいかつい体に取りつき、私と京子さんは彼の左右の乳首を口で愛撫し始めました。コリコリ、コロコロ、クチュクチュと舌と歯でこれでもかと可愛がってあげると、見る見る意外と小粒な乳首がプックリと膨らんできて、とても感じてくれているのがわかりました。

その間に亜紀さんはちゃっかりと彼の股間の前に這いつくばって、まさにむしゃぶりつくという表現がぴったりの勢いで勃起ペニスを咥え込み、フェラを始めました。パンパンに張り詰めた亀頭に舌をからみつけて舐め回し、竿の裏筋を何度も何度も舐め上げ舐め下ろして、玉袋を手でグニュグニュと揉み転がしながら、思いっきり喉奥までペニス全体を呑み込んで激しくディープスロートして……その、普段の色白で奥ゆかしいイメージとはかけ離れた超絶エロテクを見せつけられ、私と京子さんは目をまん丸にしながらもさらに昂ぶり、彼の乳首への口撃をエスカレートさせました。

「んぐっ、ふっ……ぐぅぅっ……！」

三人がかりの責め立てに、ついに志郎くんが明美さんとのキスをやめ立ち上がり、自分のペニスの根元を摑んで、高らかに言いました。

「まったく、皆さん、とんでもない淫乱奥さんたちですね。さあ、最初に僕のチ○ポ、ブチ込んでほしいのは誰ですか⁉」

「私、私ぃっ！」

自分でもびっくりしたことに、私は即座に声をあげアピールしていました。

他の三人は一瞬、不満げな顔をしましたが、それでも一番ファック権を私に譲ってくれて。私は皆に頭を下げつつ、それでもマッハで態勢を整えて、志郎くんの前に寝そべり、大股全開の格好で挿入を催促しました。

「はい、はい。それじゃあいきますよ！」

とっくに濡れ濡れ状態だった私のアソコは、いとも簡単に彼の極太勃起ペニスを呑み込み、奥深くへと招き入れていました。そして、激しいタックル並みの彼の高速ピストンにガクガクと全身を揺さぶられ……、

「あひっ、ああん、す、すごっ……奥まできてるぅ……ああっ、あっ！」

喉からほとばしるような喜悦の嬌声が溢れ出てしまいます。

ファック自体が本当に久しぶりということもあって、その快感ときたらもう本当にキモチよすぎて全身が爆発してしまいそうな……。

ものの三分とかからず、私は絶頂に達してしまいました。

「ああん、今度はあたしよ、あたし！」

待ってましたとばかりに、今度は明美さんが名乗りをあげ、志郎くんをベッドに押し倒すと、騎乗位でペニスにまたがっていきました。そしてケダモノのような激しさで腰を振り、乱れまくって……どう見ても三回はイッているはずなのに、そこは今回の発起人特権とばかりに志郎くんの上から降りてはくれず、京子さんも亜紀さんも指を咥えて見ている状態でした。

ま、仕方ありませんね。

でももちろん、その後ちゃんと志郎くんに入れてもらって、二人ともめでたくイクことができました。

そして志郎くん、さすがの実力を発揮して、その後も自分は三回射精しながらも、その都度すぐに回復勃起して、また代わる代わる私たち四人をファックして何度もイカせてくれたんです。

いやほんと、大満足の一日を送ることができて、明美さんには大感謝です。

# 第四章

# わななく新鮮快感

■私は旦那様の体の上にまたがり、見事にそそり立っているヘソの下の突起物を……

# 絶倫旦那様に犯され続ける淫らすぎる肉体奉仕の日々

投稿者 原千夏（仮名）／38歳／住み込み家政婦

「まずは乳首の色を見せなさい」

「は、はぁ～⁉」

「ほら早く！」

その男は私のジャケットを乱暴に脱がしブラウスをたくし上げ、ブラジャーの谷間から左右の乳房を掴み出した。

「ほぉ。綺麗なピンク色じゃないか、形も良い。感度はどうだ？」

言うや否や、私を押し倒しながら乳首を口に含み、チュパチュパチュパ……といやらしい音をさせて吸い始めた。

突然の出来事に私の頭はパニックを起こしていた。一体どうしてこんなことになったんだっけ？　乳首を吸われ、じわじわとアソコが濡れてくるのを感じながら、私は数日前のことを思い出していた。

実家近くの喫茶店の昼下がり、高校時代の親友の川原瑤子（仮名）と久しぶりに会ったのが発端だった。

「千夏が元気そうでよかったわ。私、すごく心配してたんだから」

「ありがとう瑤子」

先月離婚したばかりの私は、実家に出戻っていた。離婚の原因は夫の浮気だったが、私たち夫婦はとうの前からセックスレスだった。ひとことで言って、夫とはあっちの相性が良くなかった。私は一度もイッたことがなかったのだ。いつしかお互いの体を求めることもなくなり、寝室も別になった。

夫が外に女をつくったのは、つまりは必然的だったように思う。

「え、だからって慰謝料ぐらいもらえばよかったのに！　浮気だよ？　どう考えたってあっちが悪いわ」

「いいのよ、私も妻として役立たずだったんだから。さ、心機一転、そろそろ就活始めないとね。とりあえず仕事を決めて早く親を安心させたいの」

「千夏が結婚前に勤めてたような中小企業のＯＬがいいわねぇ……そこそこお給料もらえてたじゃん？」

「無理よ。スキル止まったまんまだし、四十歳に手が届きそうなオバサンだし。働かせてもらえるんならどこだっていいわ、なんだってする覚悟よ。職種は選ばない！」

なんて言って、握りこぶしを振り上げてみせると……、

「なんだってやれる？　本当？　だったら私、紹介したい仕事があるわ」

瑤子が身を乗り出してきて言った。

「住み込みの家政婦なんだけど、どお？　お金持ちの家だから給料すっごくいいわよ」

『住み込み』という言葉に私は魅力を感じた。

「それなら実家を出れるわね、いいかも！」

両親はともかく、同居している弟のお嫁さんに遠慮があった。

義妹はいい人で「ずっとこの家にいて下さいね」と言ってはくれるが、それを真に受けて一生出戻ったまんま、というのはあまりにもずうずうしい話だ。

「瑤子、その仕事、是非紹介して！」

そして今日、私はそのお金持ちの『安堂さん』宅に面接を受けに来た。

立派なお屋敷の広々とした（たぶん十二畳はある）和室に案内してくれたのは白髪の老女。「奥様宜しくお願いします」と頭を下げて挨拶した。

「私は通いの手伝いの森といいます。まもなく旦那様がいらっしゃいますので、お待ちになって下さい」

と言われ、出されたお茶をすすりながら（家政婦さん、既に一人いるのね。まぁ当然か、こんなに広い家なんだもの）そう思った。

五分後、襖が開き男性が入ってきた。思わず三つ指ついて頭を下げると、

「まぁまぁ、そう固くならずにくつろいでくれたまえ。安堂清史郎（仮名）と申す。宜しく頼むよ」

古風な言い回し、紺色の着物に長い髪（後ろに一つに束ねている）、細面の顔つきにお札の野口英世のようなフサフサの髭が似合っていて、いかにもこのお屋敷の主という感じだ。歳は六十代前半といったところか。

「ではさっそく面接に入りたいのだが……まずは乳首の色を見せなさい」

「は、はぁ～⁉」

そして、何がなんだかわからないまま、旦那様に押し倒され乳首を吸われている私。抗うことなんてできやしない、だってこれがおそらく面接なのだろうから。徐々にこの行為の意味がわかってきた。気に入られれば雇ってもらえる。

この体を、気に入ってもらわなければ……。

静かな和室にチュパチュパチュパ……と卑猥な音だけが響いている。

旦那様の右手がスカートをめくり、私の太腿、股間あたりをまさぐり始めた。パン

ティストッキングとパンティが一気に引き下げられる。

「ヒィッ！」

旦那様の指がいきなり私の秘所に潜り込んできた。

「よーしよし、びっしょり濡れておるな、クリトリスもこんなに固くなって……上出来、上出来！」

「だ、旦那様。私は合格……ですか？」

「うむむ……それはまだわからぬ」

指はグチュグチュといやらしい音を響かせながら、ゆっくりと私の膣の中へ……そしてあっという間に私のGスポットを捉え突いてきた。

「くぅ〜〜〜〜……！」

な、なんて気持ちいいの!!　下半身が小刻みにひくついている。

ハッ、私一人だけ興奮していてはいけない。

意識が飛びそうな頭でそう考えて、「旦那様のもいじらせて下さい」と懇願した。

旦那様は嬉しそうに私から少し体を浮かす。私は旦那様の、ほとんどはだけてしまっている着物の帯をするりとほどいた。驚いたことに旦那様はパンツを穿いておらず、ムクムクと直角に勃起したペニスがいきなり登場した。旦那様の細い体に似つかわず、ペニスは太く黒光りしていた。私は旦那様の上に覆いかぶさりパクッと口いっぱいにソレを咥えた。

「うぉ……ぉ……」

舌の先で亀頭をペロペロしたり、まるで美味しいキャンディを舐めるように竿をしゃぶってあげたり……今度は旦那様がヒクヒクしている。

「旦那様、ガマン汁が出てきてヌルヌルですよ。おしゃぶりしましょうか？　それとも……」

私は旦那様の体の上にまたがり、見事にそそり立っているヘソの下の突起物を自分の秘所に押し当て、一気に膣の中へと導き入れた。

「私のもヌレヌレなので……ハァハァ……吸い込まれるように……入っちゃいました……ハァハァ……」

ゆっくりと腰を前後に動かす。

「うぉ……おお……ハァハァ……よく締まっておる……」

クチュクチュ……私のマ○コ汁が旦那様の肉棒にからむいやらしい音と、ハァハァ……オ、オォォォ……ハァハァ……アン……ア、アン……淫らな喘ぎ声が広い和室に響き渡る。旦那様は下から腰を突き上げ、私は腰を三百六十度ぐるぐる回す。アン……アン……アン……いい、いい〜〜ハァハァハァ……感じてるか？　いいか？

……いいです、イきそうです……ハァハァ……私もだ……イ、イク、イク……ウゥオオオオ〜〜〜〜………


旦那様のタイミングに合わせて私も果てた。

秘所を合体させたまま私は旦那様の胸にしなだれかかった。そして呼吸が落ち着いた頃、もう一度訊いてみた。

「私は合格でしょうか？」

旦那様は、

「うむ……感度も締まりも良い。申し分ないぞ」

そう言って、私の乳房を摑み揉み始めた……。

旦那様は精力絶倫だった。

その後、日が暮れるまで三回もセックスに及んだのである……。

瑤子からあとで聞いた話だと、旦那様は「ああ見えてまだ四十八歳」。

代々土地成金で、ビルやマンションをたくさん所有しているという。本職は官能小説家らしいが、執筆しているところを一度も見たことないし、彼の書いた本もこれまた一冊も見たことがない、そうだ。その口調から、かつて瑤子が『住み込みの家政婦』だったことが判明した。どういった理由で辞めたのかはわからないが、もしかしたら体が悲鳴を上げたのかもしれない。

翌日。

指定された洋服（ノーブラ、白いポロシャツにデニムのミニスカートにエプロン）で私は長い廊下の雑巾がけをしながら、『私の体はいつまでもつだろう？』と考えた。

その時、後ろから旦那様が近づいてきて私のお尻をなでなでした。

「あ、あのっ……」

旦那様は黙ったまんま私のミニスカートをめくり、パンティを太腿まで下げた。

「ああ、良い眺めだ」

言いながら顔を近づけペロンと私のおマ○コを舐め上げてきた。

「ヒィッ……」

「そのまま、そのまま」

私は四つん這いのまんま、後ろから旦那様にされるがままになっている。たっぷりと濡れた秘所に旦那様が挿入してきた。

「アッ……」

台所で白髪老婆の家政婦、森さんがトントントンと軽快に野菜を切っている音がする。喘ぎ声を出すわけにはいかない、たぶん丸聞こえだ。パーンパーンパーン……旦那様の肉棒の抜き挿しする音。トントントントン……野菜を切る音。パーンパーンパンパンパン……トントントン……パンパン……トン、パン、トン、パン………

「イ、イクゥ～～～～～～！！」

我慢できずに雄たけびをあげてしまったが、森さんは素知らぬフリをしてくれているようだ。いや、もうきっと慣れっこなんだろう。旦那様の勃起現象は、きっと『のべつまくなし』なのだから。

「ああ、済まない。せっかく綺麗に拭いた床がまたびしょびしょに濡れてしまったな」悪びれもせず旦那様は言って、その場からいなくなった。

私は膝までパンティをずり落とさせたまんま、拭き掃除の続きをした。だって。

すぐにまた旦那様がやってきて、まぐわうことになるのだろうから……。

■赤黒く照り光ってる先っちょを特に入念にねぶり回し、ジュルルって吸いあげ……

# 初めてのフェラチオ体験で熱烈興奮してしまったアタシ

投稿者　村中芽衣（仮名）／25歳／OL

なんでアタシ、こんなにチ〇ポしゃぶるのが好きになっちゃったんだろ？

たぶん、あれね。あの女子大生時代の体験。

その時、アタシは十九歳だったんだけど、なんと今どき、まだ処女だったの。もちろん、男性のアレをしゃぶったことなんか一度もなくて、はあ、ほんとウブだったわ。

ちょうど大学の夏休みが、あと一週間くらいで終わろうっていう時期だったかな。

家にいたのはアタシ一人で、短パンにタンクトップっていうユルユルの格好で、居間でスナック菓子を食べながらぼんやりとテレビを見てた。お母さんが出かけてて、留守番の役割もあって自分の部屋にいられなかったのよね。

とそこへ、玄関のチャイムが鳴って、誰かがやってきた模様。

モニターで確認してみると、正樹おじさんだった。

お母さんより十才も年下の弟の。

アタシは喜んで、おじさんを家に迎え入れたわ。お母さんは、四十歳近くになっても結婚せず、いろんな女性とつきあってるおじさんのことを、あまりよく思ってないみたいだけど、アタシはけっこう好き。オヤジくさくなくてカッコいいし、面白いし、あと個人で健康食品の輸入販売の仕事しててけっこう儲かってるみたいで、いつもお小遣いくれるんだもの。

「なんだ、姉さんいないのかあ。やっぱアポなしはまずかったかな」

おじさんはちょっと珍しい外国のフルーツが手に入ったっていって、持ってきてくれたんだって。

「うん、残念でした。今、アイスコーヒーでも入れるね」

アタシはおじさんを居間のソファに座らせて、キッチンに立ったのね。そしてグラスに氷とアイスコーヒーを注いで持ってきてあげた。

「ああ、ありがと。それにしても……」

ん？　なんかおじさんの様子がヘン。アタシからグラスを受け取りながら、すっごい舐め回すような視線で見てくる。

やっぱり、いくら身内でもこんな露出度の高い格好はまずかったかな？

するとと案の定、おじさんは、

「メイちゃん、しばらく見ない間に、立派になったねえ……」

って、めちゃくちゃエロい笑い顔で言ってきたの。

ああ、そういえば、おじさんとこの前最後に会ったのは、二年前だっけ？　意外と経ってるな。そりゃこの成長期にそのぐらい空けば、印象は変わっちゃうかもね。

「立派だなんて……やだなぁ。恥ずかしいよ」

アタシはそう言って席を立ち、このなんともいえないいかがわしい空気をごまかそうとしたのね。

でも、ダメだった。

おじさんはアタシの手首を摑むと、ぐいっと自分のほうに引き寄せて、アタシは思わずよろけ、おじさんの膝の上に倒れ込んじゃったの。

そしておじさんは、こう聞いてきた。

「ねえ、メイちゃん。お小遣い欲しくない？」

いやまあ、そりゃ欲しいですけど。

という内心の声を隠して、アタシが黙っていると、おじさんはこう言ったの。

「僕とちょっと遊んでくれたら……三万円、おこづかいあげるけど、どう？」

もちろん、その〝遊ぶ〟っていうのがどういう意味かはわかって、アタシ、ちょっ

ともったいぶった感じになったんだけど、おじさんはいとも簡単に、

「うん、断らずに黙ってるっていうのは、ＯＫのしるしだね。いい子だ」

にこやかに言って、アタシのタンクトップをめくり上げると、ペロンと剝き出しになったオッパイにしゃぶりついてきたの。

んん、んーッと……アタシとおじさんは血縁？　……なわけで、さすがにこれはかなりマズイんではないかと……？

アタシのそんな躊躇を見透かしたかのように、おじさんはチュパチュパとアタシのオッパイをねぶり回しながら、

「大丈夫、大丈夫！　本当にヤバイことはしないから。あくまで〝遊ぶ〟だけ！」

って言って、おもむろに自分のハーフパンツのチャックを下ろすと、下着の奥からアレを取り出して、見せつけてきたの。

アタシ、今までイケナイ動画とかで見たことはあったけど、ナマでソレを目にするのは初めてで……そのびっくりするくらいの大きさに目が離せなくなっちゃった。しかも、グロテスクとか全然思わなくて、むしろ、わぁ可愛いって。

「ねえ、しゃぶってくれる？　それだけでいいから、ね？　それだけしてくれれば、お小遣い三万円！」

おじさんの押しの一声に、アタシは、

「うん、わかった。でも言っとくけど初めてだから、うまくできなくても怒らないでね？　ちゃんと三万円ちょうだいよね？」

「もちろんさ。約束するよ」

アタシはその言葉に納得して、ソファに座ったおじさんの前にひざまずくと、太くて長くて、とっても硬いソレを手で支え持って、いつか見た動画を思い出しながら、舌を這わせ、唇で咥え込んだの。赤黒く照り光ってる先っちょを特に入念にねぶり回し、ジュルルッて吸いあげてあげると、

「おっ、おお……いいぞ、メイちゃん、とっても上手だよ……」

アタシのオッパイをいじくりながら、おじさんがそう言って悦んでくれて、アタシのほうも、オッパイの気持ちよさもあって、すっごく興奮してきちゃって……はっきり言って、チョー楽しかったのね。

で、そのしばらくあと、アタシはおじさんが出したとっても濃ゆいザーメンをゴクゴクと飲み干してあげて、めでたくお小遣い三万円をゲットしたっていうわけ。

この、ロストヴァージンする前のいきなりフェラチオ体験が、その後のアタシのおしゃぶり大好き性向を形成したと思うのよね。

■彼は両方の乳房を鷲掴んで揉み回しながら、左右の乳首を交互に吸いしゃぶって……

# 園児が寝ている脇でその保護者と求め合う禁断の快感

投稿者 桃田佳代（仮名）／27歳／保育士

保育園で働いています。

実は、翔太くんという園児の保護者を好きになってしまいました。

翔太くんのお父さんで、三十一歳の幸平さんといい、バツイチの父子家庭です。いつも、会社の勤めが終わってから大急ぎで走ってお迎えにくる幸平さん。汗だくで、息を切らせて。そして、本当に慈愛溢れる笑顔で翔太くんを抱きしめて。

そんな、一生懸命な姿を見るだけでキュンキュンしちゃうようになったんです。

でも、私のことなんか気にかけてくれるはずもない。

こんな地味で、子供好きなことしか取り柄がない私なんて……。

ところが、それは私の早合点のようでした。

その日、夜の八時近くになって、いつものようにスーツの裾をなびかせながら、走って翔太くんのお迎えにやってきた幸平さん。他の園児たちはすでに皆帰ってしまい……というか、他の職員も皆帰宅したあとで、園に残っているのは私と翔太くんだけでした。しかも、翔太くんは遊び疲れてスヤスヤと眠っています。

「ああ、桃田先生、こんな時間まで待たせてしまって本当に申し訳ありません！　急な残業が入ってしまって」

「お仕事、大変そうですね。お体にはちゃんと気をつけてくださいね」

毛布をかぶって床で寝ている翔太くんを挟んで、私と幸平さんは膝をついて向き合い、言葉を交わしました。と、幸平さんが急に涙ぐんできたんです。

「え、ちょ、ちょっと、どうしたんですか、お父さん？」

うろたえながら私が訊ねると、幸平さんは思いもしないことを言いました。

「うぐっ、桃田先生だけです、そんなやさしい言葉をかけてくれるのは……翔太のことがあるからいつもフルに残業できないで、会社では上司からイヤミを言われるし、前の妻からは慰謝料のことでうるさく追い詰められて……ううっ、つらい……」

そんな本音を吐露されて、私は思わず彼への気持ちが高ぶってしまい……、

「お父さん……いえ、幸平さん、大丈夫ですよ。あなた、すごくがんばってる。きっと今に報われると思います。ね、がんばって！」

そう言って、うつむいて嗚咽する幸平さんの体を抱きしめていたんです。

あくまでも、やさしく励ましてあげようと。

でも、幸平さんの受け取り方は違ったようでした。

「桃田先生！　本当は先生のこと、ずっと好きだったんです！　他の先生は僕がお迎えに遅れると露骨にいやな顔をするけど、桃田先生だけはいつもやさしく出迎えてくれて……ううっ、先生、先生っ！」

幸平さんは一気呵成にそう言うと、ものすごい力で私の体を抱きしめ返してきました。そして、悩まし気に全身をまさぐり回してきて……。

「あっ、幸平さん、そ、そんな、ダメです！　ここに翔太くんが寝てるのに！」

「こいつが、一回寝るとそう簡単には起きないこと、先生ならよく知ってるでしょ？　大丈夫です。僕、今この瞬間、先生のことが欲しくてたまらないんです！」

幸平さんの手が私のトレーナーの裾をまくり上げて入り込んできて、私の生肌に触れてきました。そして、ブラジャーごと荒々しく胸を揉みしだいてきました。

「ああ、先生の胸、柔らかい！　ねえ、舐めてもいいでしょ？　ね？」

「ええっ、そ、そんな……！」

私のうろたえる声など聴く耳持たず、幸平さんは頭からトレーナーをすっぽりと抜き脱がせ、続けてブラジャーを剝ぎ取ってしまいました。

「やあっ、だ、だめぇ……！」

「ああっ、桃田先生のオッパイ……お、美味しそう！」

幸平さんは私の体を床に押し倒し、ガバッと覆いかぶさってきました。そして、両方の乳房を鷲摑んで揉み回しながら、左右の乳首を交互に吸いしゃぶってきました。

「んあっ、はぁ、あふぅ……」

剝き身の欲望剝き出しに一番弱い性感帯をむさぼられ、とどめようもなく喘ぎ声が喉奥から漏れ溢れ出てしまいます。

「ああ、ほら、乳首もうこんなにピンピンに突っ立って……先生、悦んでくれてるんですね！　ああ、僕のも触ってみてくださいよ」

手を彼の股間に導かれると、スーツのズボンの生地越しでも、その固く熱い昂ぶりの存在感を感じ取ることができました。

「ああ、幸平さん……」

私のほうもすっかりテンションが上がってしまい、彼のズボンを下着ごと引きずり下ろしていました。すると、負けじと幸平さんも私のジーンズとパンティを脱がせてきて……とうとう、辺りに園児たちの玩具が転がり、すぐ脇には翔太くんが眠っている、煌々と照明が降り注ぐ部屋のなか、私たちは全裸で向き合い、からみ合っていました。

シックスナインの格好で互いの性器を舐め合い、吸い合い……チュパチュパ、ジュルジュル、ピチャピチャという淫靡な音が部屋中に響き渡ります。

「ああっ、もうダメ、ガマンできない……幸平さんの太くて硬いの、私のここに欲しいのぉっ！」

「ああ、僕も桃田先生のオマ○コに突っ込みたくてどうしようもないよ！」

「きて、きてぇっ！」

「も、桃田先生っ！」

ついに私たちは合体し、ケダモノのように腰を振り、体をぶつけ合って、狂ったようにお互いの肉体をむさぼり合いました。

最後、幸平さんの大量の熱いほとばしりを胎内に受け止めながら、私はこの上ない幸福感の中、何度も何度もイキ果てていたんです。

この日を境に、私と幸平さんの密かなつきあいが始まりました。

いいえ、彼と結婚したいなどと贅沢は言いません。

ただ、彼の望むままに、癒し、愛してあげたいんです。

■彼はカチカチにいきり立ったペニスを、お湯の中で私の中に突き入れてきて……

# 私に自殺を思いとどまらせた温泉宿のゆきずりセックス

投稿者　水田真理（仮名）／30歳／OL

三年間つきあったカレに振られちゃいました。

私はカレのことが大好きで、てっきり結婚するものだとばかり思ってたのに……カレったら、上司の娘さんとの縁談を持ちかけられて……私よりも将来の出世を取ったっていう、まあよくある話ですね。

はっきり言って落ち込みました。

いいや、そんな生易しいものじゃなくて、私、もう悲しみと絶望のあまり、マジで死のうと思ったんです。で、会社を休んで、険しく切り立った断崖が続く、北陸にある自殺の名所として有名な海岸に電車で向かったんです。

でも、この世の最後の思い出に美味しい料理を食べて、温泉に浸かりたいなあって思って、近くの旅館に一泊することにしました。

そこは古くて、あまり大きくない旅館でした。

夕食をとりに大食堂に向かうと、オフシーズンということで私以外ほとんど宿泊客はいないようで閑散としていました。

と、少し遅れて浴衣を着た一人の男性がやってきました。どうやら今夜の客は彼と私の二人だけのようでした。最初は離れた席で、なかなか豪華な海鮮を中心とした料理をそれぞれ別々に食べていたのですが、しんと静まり返った雰囲気になんともいたたまれず、ほとんど味がしない感じでした。

すると、そんな状況についに業を煮やした向こうが、私のテーブルのほうにやってきたんです。

「あの、よかったらご一緒に夕食、如何ですか？　正直ぼく、さっきから妙に緊張しちゃって、せっかくの料理をどうにも食べた気がしなくて」

私は思わず吹き出してしまいました。

そして軽くビールを酌み交わしながら、他愛のない会話をしつつ料理を食べて……だんだん打ち解け、雰囲気も和らいできて、ようやく美味しく食事を楽しむことができるようになったんです。

「ああ、楽しかった。ぼく、出張でここに来てるんですけど、おかげで楽しい思い出ができました。ありがとうございます。どうぞ旅のご無事を」

「ありがとうございます。こちらこそ一生の思い出になりそうです」

私の物言いに一瞬、怪訝な表情を浮かべた彼でしたが、すぐに笑顔に戻って別れを告げ、大食堂を出ていきました。

いま三十六歳だという彼はとても紳士的で、かつ面白い人で、私は最後に出会った人がこんな素敵な男性でよかった、と本当に感謝していたんです。

それから二時間後、アルコールが抜けたところで、私は温泉浴場へと向かいました。

時刻は夜の十時を回っていました。当然、他には誰もいません。私は体をていねいに洗ってから、絶妙の湯加減の湯船に体を沈めていきました。

「あ〜っ、いい気持ち……人生の最後に、やっぱり来てよかったわぁ」

私は思わず、そう声に出していました。

すると、

「やっぱり、そういうことか……」

と、さっきの彼の声が聞こえ、私はびっくりしてしまいました。思わず湯船に深く身を沈めた私のほうに近づいてくると（もちろん、向こうも裸です）、彼は続けて言いました。

「この辺は自殺の名所だ。そんなところで女性の一人旅ってだけでも珍しいのに、あんな思わせぶりな言い方されたら……変だと思ったんですよね。あなた、死ぬつもりでここに来たんですね」

そして、ジャブジャブと湯船の中に入り、私のほうに近づいてきました。

「え、え、ちょっと、こっち来ないでください……人、呼びますよ！」

私はそう言って押しとどめようとしましたが、彼はまったく動じず、

「ねえ、悪いことは言わない。あなたみたいに素敵な女性、これからまだいくらでも楽しいことがあるはずです。思いとどまってください」

そう言いながら、とうとう目の前まで来てしまいました。

「や、だ……向こうに行って……」

「本当に、素敵なひとだ……」

彼のほうも深く湯船に潜り、私と同じ視線の高さになると、じっと目を見つめてきました。そしてそのまま、口づけしてきたんです。

「ん……んふぅ……」

私はなぜか抵抗することができず、彼のなすがままになってしまいました。唇を割って入ってくる舌に、舌をからめとられ、じゅるじゅると唾液を啜られて……思わず頭がぼーっとなってしまいます。

「はぁっ……乳首もピンク色でかわいい……んっ、んちゅう……」

　今度は湯船の水面から覗く乳房を揉み撫で回されながら乳首を吸われ、さらに甘ったるい陶酔感が押し寄せてきます。

「んっ、はぁっ……ひうぅ、うっうう……」

「ぼくのも触ってみますか？　あなたが素敵すぎて、もう大変なことになっちゃってるけど……ほら」

　そう促され、私のほうももはやほとんど抵抗感もなく、お湯の中で彼のペニスに触れていました。たしかに彼が自分で言ったとおり、大変なことになっていました。お湯の熱さにまけないくらい熱を持ち、カチカチに硬く大きくたかぶっているのです。

「ああ、すごいわ……大きい……」

「あなたのせいですよ」

　私はゆるゆるとソレをしごき、そのビクビクとした反応を楽しみました。すると彼のほうも私の秘部に指を触れてきて……それはニュルンとなんの抵抗もなく、内部に滑り込んできました。

「ひっ、ひう……んふぅっ……」

　しばらくそうやってお互いの性器をお湯の中で愛撫し合ったあと、彼が言いました。

「このまま入れちゃうけど……いいかな？」

「えっ、お湯の中で……？　そんなのやったことないけど……」

「大丈夫、キモチいいもんだよ。じゃあ、入れるね」

彼は私を安心させるようにそう言うと、次の瞬間、いきり立ったペニスをお湯の中で私の中に突き入れてきました。その感触は、お湯の温かさとお互いの体温と体液の熱さが相まって、たしかにえも言われず心地のいいものでした。

「あっ、いい……はぁっ！」

「ううっ、あなたの中、ものすごくヌルヌルして……気持ちいいっ！」

「はっ、はっ、はっ……ああ、イク、イッちゃうぅ……！」

「ぼ、ぼくも……もう……うっ！」

申し訳ないことに、私たちはお互いの淫らな体液をお湯の中に噴き出させながら、果てしなくイキまくってしまったんです。宿の人、すみません！

結果、私は自殺することを踏みとどまりました。

彼とのこの夜の出逢いが、この先の人生でまだまだ楽しくて気持ちいいことがあるっていうことを信じさせてくれたから。

■彼の唾液まみれになった私の乳房は恥ずかしい音をたてながら揉まれ歪み……

# 米屋の三代目男性のたくましい肉体にくみしだかれて！

投稿者　平井梨奈（仮名）／28歳／専業主婦

三年前に結婚して、夫の家に嫁ぎました。去年、舅が病気で亡くなったため、今は私と夫と姑の三人暮らしです。

嫁いで最初に軽く驚いたことは、夫の家がそれなりに古い家柄ということで、個人商店さんが色々なものを配達してくれる慣習があるということです。

八百屋さん、魚屋さん、お肉屋さんといった、近所にある商店街の中のお店を中心に、定期的に御用聞きの電話がかかってきて、その都度、姑が注文したり、今週はいいわと言って断ったり……私の実家はごく普通のサラリーマン家庭だったので、そういったもののほとんどは自らスーパーやリキュールショップへ買いに行っていたわけで。皆さんのところも大抵そうですよね？

だから、へ〜、便利でラクだな〜って感心する反面、そういう個人商店は配達手数料的なものも含めてほぼ定価販売ですから、元々小市民の私は、なんだかもったいないななんて思ったりして。

でもまあ、それもしばらくすると当たり前になってきて、配達してもらうのが当然みたいに思っちゃうようになるんですから、人間ってダメな生き物ですよね（笑）？

ただし一人だけ、配達に来るたびにどうにも落ち着かない気分になり、いつまで経っても慣れない相手がいました。

それはお米屋さんです。

お米はなにしろ毎日食べるものですから、一度に配達してもらう量も最低二十キロはあり、とにかく重い。なので女の私の細腕では当然運べず、すべての配達の人の中で唯一家の中に上がり込んで台所まで米袋を運び、それを米びつの中に収めてくれるという工程を踏むわけですが、そんなわけで、お米屋さんの三代目（四十一歳）は筋骨隆々のたくましい肉体を持つ、ギラついた男性で。

昼間、夫は当然会社、そして姑も習い事や友人とのお茶会などで出かけていることが多く、大抵の場合、一人だけ家にいる私が色々対応せざるを得ないわけで……三代目の私を見てくる目が、もうどうにもいたたまれない気にさせられちゃうんです。

私、小さい頃から発育がよくて胸も大きく、自分ではそれがなんだか恥ずかしくて、いつも精いっぱい体形が目立たないだぼっとした服装を今でも心がけているんですが、そんなものにはごまかされないぞ……的な舐めるような視線を私の全身に這わせてくるんです。しかも、彼は冬でも上半身はいつも白いタンクトップ一丁という、これ見よがしにマッチョないで立ちで、オスのフェロモンをアピールしてくるものだから、私、もうどうしていいものやら……みたいな。

　それでも、精いっぱい平静を装い、気にしないように努めていたのですが、ある日とうとう……！

　その日は夏のとても暑い日で、でも私は根がケチなせいかクーラーをつけることを我慢して、上はノーブラでも胸をある程度ホールドしてくれるカップ入りのノースリーブカットソー一枚、下はパンティの上にホットパンツ一枚という、なかなか露出度の高い格好でしのいでいました。

　そう、すっかりお米屋さんが配達に来る日だということを忘れて。

　なので、ピンポンが鳴って慌てて玄関に走り、訪問者が誰か確かめもせずドアを開けてしまい、そこに立っていたのが例の三代目だとわかった時、正直「しまった！」と思いました。これじゃあ、ますます彼を刺激しちゃうじゃないのって。

　あからさまにいつも以上に食い入るように見つめてくる相手。

　でも、今さら着替えるわけにもいきません。

私は少しでも早くこのいたたまれない時間をやり過ごすべく、そそくさと彼をいつもどおり台所へと導いたんです。

三代目は、運んできた十キロの米袋二つを、一つずつ軽々と持ち上げて米びつの中にザラザラと流し込み始めました。その盛り上がった背中の筋肉を濡らす大量の汗を見た私は、ああ、これは冷たい麦茶の一杯も出さなきゃなと思い、冷蔵庫を開けて用意を始めました。

三代目に背を向け、キッチンシンクの上でコップに氷を少し入れ、そこに麦茶を注いでいたのですが、例のザラザラザラという お米を流し込む背後の音が止んで、作業が終わったことが知れた瞬間のことでした。

後ろからいきなり羽交い絞めにされたのは。

「きゃっ！　ちょっ……な、何するんですか！」

私は驚き、叫びましたが、三代目は息を荒げながら、

「な、何って奥さん、俺の気持ちわかってるくせにそんな格好するなんて……そっちが誘ってるんでしょう？　ねえ、二人でいいことしましょうよ！」

などと言い、背後から私の体を揉みくちゃに撫で回す手を止めてはくれません。

「さ、誘うだなんて……そ、そんなことしてませんっ！　……やあっ」

「そんなこと言って、ほら、ノーブラじゃないですか！　これ、早くオッパイ揉んで欲しいっていうサインでしょ？」

「ち、ちがっ……これはブラのいらない服で……んんっ！」

もう、何を言っても彼を止めることはできませんでした。

背後から回され、カットソーの中に潜り込んできた太く武骨な指が、乳房を鷲摑んでグニュグニュと揉みしだき、時折乳首を摘まんでこね回してきます。その荒々しい所作に、最初は痛みしか感じられない私でしたが、しつこくそうされているうちに、信じられないことに気持ちよくなってきてしまいました。

「はっ……ああん、だ、だめだったら……やぁ、あふぅん……！」

思わず漏れてしまう喘ぎ声に気をよくした三代目は、スポッと私の頭からカットソーを脱がしてしまい、ブルンとHカップの胸がこぼれ出ました。

「うおおっ、た、たまんねぇっ！　すげぇオッパイだぁ！」

彼は弾んだような声をあげると、くるりと私の体の向きを変えさせ、正面から乳房にむしゃぶりついてきました。

「はぶぅ、んぶっ、んじゅっ、うじゅぷ……んちゅう……」

「はぁっ、ああ、ひぃ……はうっ……」

彼の唾液まみれになった私の乳房は恥ずかしい音をたてながら揉まれ歪み、その激しい快感に、私はますます甲高く喜悦の声をあげてしまうのです。

彼が自分の白いタンクトップを脱ぎ捨てました。たくましい胸筋が剥き出しになり、彼が私を抱きしめてきた勢いで、私の乳房はグニャリとひしゃげさせられてしまいました。そのまま濃厚にキスをされ、もう、互いの体を濡らすのが、汗なんだか唾液なんだか……。

「お、奥さん……もうガマンできねぇっ!」

三代目は私の下半身も剥いてしまうと、全裸になった体を軽々と持ち上げてキッチンテーブルの上に載せました。そして、慌ただしく自分もズボンと下着を脱いで同じく全裸となり、私の両脚を抱え込んで引き寄せると、ちょうどオマ○コがテーブルのエッジの辺りにくるようにしました。そして、もう既にお腹にくっつきそうになるくらい急角度で勃起して反り返っているペニスを、立ったまま突き入れてきたんです。

言うまでもなく私のソコもすっかり濡れきってしまっていて、いとも易々とペニスを呑み込んでいました。

「はひっ、ひっ、はぁ……あん、ああ、あうぅん……!」

「ああっ、奥さん、奥さん……すげぇ、奥さんのマ○コ、俺のにからみついてくるみたいだ……た、たまんねぇっ！」

　彼の立位ピストンは見る見るその速度と深度を上げていき、テーブルをガタガタと揺らしながら私を刺し貫き、壊れんばかりに揺さぶってきました。

　そして、

「ううっ、も、もうだめだぁ、奥さん、締めつけすぎだぁ……な、中で出してもいいっすか？」

「えっ？　な、なかって……そ、そんな……あ、ああっ！」

　彼の問いに答える余裕もなく、私はそのまま絶頂に達してしまい、否応もなく大量の精液を胎内で受けとめることとなりました。

「毎度ありがとうございましたーっ！　また次もご贔屓にっ！」

　いかにもスッキリした声で去っていく三代目を見送りながら、もう既に次回の快感デリバリーを心待ちにしている私がいたのでした。

■彼は後ろから体を密着させ、熱い息をわたしの耳朶とうなじに吹きかけてきて……

# バイトテロならぬバイトエロで立ったまま昇天？

投稿者 新井百合香（仮名）／23歳／フリーター

いま、不適切動画をSNSに投稿して大騒ぎを起こす、いわゆる『バイトテロ』が問題になってるじゃないですか？　でも正直、わたしもうけっこう前から、チョーしゃれにならないことやっちゃってるんですよねぇ。

わたしが半年前からバイトしてるのは、県内に六店舗あって地元ではそこそこメジャーなローカル・ファミレス。もっぱら昔ながらのエロオヤジと評判の社長の方針で、わたしらウエイトレスの制服は、ミニスカートに胸の大きさが強調されるデザインのベストというういで立ちで、「それ見たさに男性客が来るんだ！」っていう。いやまあホントにそのとおりなんですけど。

そんなわけでお客さんを興奮させてなんぼなのはわかりますが、問題なのは当然、中で働いてる若い男性アルバイトだって例外じゃないっていうこと。忙しい時なんか料理を載せたトレイを掲げ持って、お互いの体がぶつからんばかりの勢いで店内を動き回り、もちろん業務の間に狭いカウンター裏なんかで、はずみで直接触れ合っちゃうことなんて日常茶飯事。そりゃムラムラしちゃうっていうものです。

わたしが最初にその洗礼を受けたのは、入店してから一週間ほどが経った頃のことでした。

その日、午後八時を回って夕食どきのピークタイムも終わり、店内には三組ほどのお客さんしかいませんでした。

わたしは、さっきまでの忙しさの嵐が通りすぎたことにフ～ッと安堵しながら、ホールを見渡せる従業員控えカウンターの後ろに立って待機していました。お客さんからは私たちウエイトレス、ウエイターの腰から上くらいしか見えない形ですね。

と、おもむろにうなじの辺りに熱い空気を感じたんです。

えっと思って振り向くと、すぐ背後に男性バイトの長瀬くん（仮名・二十四歳）が立っていたんです。

「お疲れさま。今日のディナータイムはマジ、忙しかったねぇ」

「……ええ、本当に。わたし、二、三回オーダーまちがいしちゃいましたもの」

とりあえず彼は先輩なので、わたしは下手に対応するしかないわけですが、目には、（そんなところに立ってないで、早くわたしから離れてよ）

という気持ちを込めたつもりでした。

ところが、彼は離れるどころか後ろから体を密着させ、さらに近く熱く、息をわたしの耳朶とうなじに吹きかけてきたんです。

「あ、あのっ……！」

「しぃっ、黙って！　騒ぐとお客さんに僕らのしてること、バレちゃうよ？　そんなの恥ずかしいだろ？」

（何その共犯者的扱い？　あんたが一方的にわたしにセクハラしてるだけでしょ？）

そう思ったんですが、まだ新人の立場ということもあり、わたしは萎縮してしまい、言い返したり、抵抗することができなかったんです。

「そうそう、おとなしくして。俺、最初にきみを見たときから、もう興奮しちゃってどうしようもなかったんだ。きみほどうちの制服が似合うコ、初めて見たよ」

彼はそう言って、背後からわたしの左右のウエスト部分をサワサワと撫でてきました。思わずゾクゾクと震えが走ってしまいました。

「あ、や、やめて……くだ……」

どうにかそう口に出したものの、その言葉に力はなく、しかも、彼に撫でられて体を走る震えは決して嫌悪感的なものではなかったんです。

「ほら、俺のもうこんなになっちゃってる。わかる？」

という言葉が聞こえたかと思った瞬間、お尻に硬いものが押し当てられるのがわかりました。それは大きくて熱くて……彼は微妙に体を動かして、ミニスカートの上からわたしのお尻のワレメに沿って、上下に撫で這わしてきたんです。

否応もなく、性感がざわめき出してくるのがわかりました。

「すみませーん」

お客さんに呼ばれ一瞬ドキッとしましたが、別のウエイトレスが対応に向かいました。しかも、彼女は目線でこちらのほうを窺い、なんとも言えない笑みを浮かべていました。

（え、まさか、私たちのしてること、わかってるの？）

そう、あとから聞いた話では、この長瀬くん、めぼしい女の子が入ってくると、すぐにこうやってちょっかいをかけてくる、セクハラ常習犯だったんです。でもなぜか、それが問題視され、辞めさせられることがないという……お店の七不思議という話でした。なんじゃそりゃ！（笑）

わたしの動揺などなんのその、彼は続いて背後から手を回して、わたしの胸……下乳を手のひらで下から持ち上げるようにして弄びながら、さらにきつく股間をグリグリと押しつけてきました。

「……っ、あぁ……」

わたしは思わず小さく喘ぎ声を漏らしつつ、自分の股間がジュンッと熱く潤むのを感じてしまいました。

(やだコイツ……胸への愛撫と股間のこすりつけのコンビネーション、そして力加減が絶妙……か、かんじちゃう……)

そんなわたしの性感状況を敏感に察知したかのように、胸とお尻へのアタックががぜん激しさを増して……!

「……んんっ、ううっん……!」

なんとわたし、立ったままイッてしまったんです!

そんなの、初めての経験でした。

その後、わたしと長瀬くんはつきあうようになり、普通にセックスもする間柄になったんですが、今でもこの職場でのセクハラプレイがやめられないんです。

例のエロ社長が知ったらなんて言うんでしょうね?(笑)

■舌で胸の突起物を舐められ、指で下の突起物をいじられ、私のカラダは痙攣し……

# 若い後輩パートから味わわされたレズ快感の洗礼

投稿者 中井江梨子（仮名）／35歳／パート主婦

結婚して丸八年。

夫の母から『いい加減、子どもはまだなの？』とストレートなメールがしょっちゅう届くが、あからさまに無視し続けている。子どもなんて望めるはずがない、なにせもう三年以上もセックスレス夫婦なのだから……夫はもしかしたら外に女がいるのかもしれないが、そんなことどうでもいい。私のほうもとうの昔に愛は冷めている。

「行ってらっしゃい」「ああ」

今朝も最小限の会話で夫を見送り、ひと通りの家事を済ませると、私はスーパーのパートに出かける。

「江梨子さん、おっはようございます〜〜！」

先週入ってきたばかりのパート社員、松川あおい（仮名・二十五歳）のハスキーボイスが狭い倉庫内に響き渡った。

「朝から元気だね」

「へへ、今日は主任がお休みだから、江梨子さんと二人っきりで作業できることが嬉しいんです」

「なに、それー？」

「だって私、江梨子さんのこと、大好きだから」

臆面もなくそう言って、あおいは鼻歌交じりに段ボールを積み上げた。

向こうから『好き』と言われて嫌な気持ちになる人はたぶんいない。ましてやこちらも『いいコ』と感じている相手だ。あおいはパート初日から人懐っこくって仕事も真面目だし、とても好感が持てた。

「どっこいしょっと！」

「江梨子さんにはそれ重すぎですよ、貸して」

スッと私の腕から大きな荷物を取り上げた。

「ありがとう」

「なんで江梨子さん、食品倉庫の担当を希望したんですか？　スーパーなんだからレジ打ちとか棚整理とかのほうが楽じゃないですか？」

「裏方のほうが性に合ってるの。お客さんに接することもないからスッピンでいいし」「え？　まさか……江梨子さん、ノーメイクなんですか？」

あおいは足元に荷物を置いて私の顔を覗き込んだ。

「きめ細かくて、綺麗な肌ですね……」

言うなり私の首筋に手を回した。

「な……っ」

何をするのと訊く前に、私の唇はあおいの唇で塞がれた。

「んぐっ……！」

何が起こったのか、これは一体なんなのか……？

ふと、三日前のことを思い出した。

「あおいさんってイケメン女子だよね」

「うん。男より女にもてそう」

「ってか、どう見てもありゃレズビアンでしょ」

更衣室での高校生アルバイトたちの他愛ない会話を。

ちゃんと耳にしていたのに、気にも留めなかった……。

クチュクチュクチュ……あおいの舌が私の口の中を這い回っている。突き放したいのに体が動かない。力が出ない。あおいの唇はやがて頬から首筋へと移っていき、

「やめて」

と、やっと声が出せたものの、あおいは動じることもなく、

「感じてるくせに……ホントはやめてほしくないくせに……」

と、続けて舌を首筋にチョロチョロと這わせてくる。

「あっ……」

「ほら、感じてるじゃん」

途端にあおいは大胆になって、一気に私のエプロンを剝ぎ取り、ブラウスのボタンを外した。

「あおいちゃん、ダ、ダメよ！　誰か入って来たらどうするのよ！」

あおいは私をお姫様抱っこすると、ひょいと作業台の上に載せ、

「その時はその時だよ」

平然とそう言って私の上に覆いかぶさり、はだけたブラウスの中に手を入れブラジャーごと乳房を揉み始めた。

ハァハァハァ……あおいの荒い吐息。

ブラジャーに滑り込んだ細長いあおいの指が乳首をとらえ、

「ア、ア……ン」

私の息も途切れ途切れになってしまう。

「二人きりになるのわかってたから、片づけておいたの、ここ」

言われてみれば、いつもガムテープだのハサミだのボールペンだので散らかってい
る作業台には何一つ置かれておらず、ステンレス台も綺麗に拭かれていて、まるで銀
色のベッドのようだ。

「こういうこと、し慣れているの？」

冷静な声を出そうとしても、乳首のほうはビンビンに固くなり、既にパンティは湿
ってしまっている。

「まさか。ビアンには違いないけど、女なら誰でもいいってわけじゃないから」

言いながら乳首を咥えると、

「んん……アアッ……」

自分でもびっくりするくらいの喘ぎ声が漏れた。

あおいの右手は器用に私の綿パンのチャックを降ろし、ずらし、パンティの中に滑
り込んでくる。

「想像してた通りだ……」

「ハァハァ……な、なにが……？」

「クリトリス、大きい」

なぜかあおいが言うと、卑猥に聞こえない。

「じゃあもっと……大きくして」

私は懇願していた。もっともっと感じさせてほしい、と。

舌で胸の突起物を舐められ、指で下の突起物をいじられ……私のカラダは小刻みに何度も痙攣しかけてる。

「中のほうはどうかな？」

あおいの指が膣液で溢れた肉洞に入ってきた。グチュグチュグチュ……。

「あああ……んんん……アア～～」

膣の奥まで激しく突いたり抜いたり、を繰り返されて、あっという間に私は絶頂の波を迎えた。

ハァハァハァ……銀色の狭いベッドで私たちは向き合って抱きしめ合った。

「よかった？」

「うん、すごく。でも……」

「なに？」

「私ひとりだけイッたりしてごめんなさい」

「そんなの全然。私も気持ちよかったから」

気持ちでイッたから満足したというの？　そんなわけない。

「あなたのも吸っていい？」

我ながら大胆だなと思いながら、あおいのTシャツをたくし上げ、ブラジャーをずらすと乳房の先端を口に含んだ。

「あ……っ」

ペロペロとまるで子犬がミルクを舐めるように、私は無心に乳首を舐め続けた。

「ハァハァハァ……いいよ、江梨子さん、上手……」

乳首がどんどん固くなってきた。チュウ～と吸うとあおいはのけぞり、乳首の周りに舌を這わすと、あおいはひくひくした。その様子に私も感じてジュワジュワ濡れてきた。さっきあおいが私にしたように、私もあおいのジーパンのチャックを下ろし、パンティの中に手を忍ばせてみる。生卵の白身のようなどろんとした生温かい膣液が私の指にまとわりついた。中指と薬指を膣の中に入れながら親指の腹でクリトリスを撫でてみる。

「あああん……ああ……」

「ここ、いいの？」

「うん、いい……江梨子さん、上手すぎる……」

「さっき、されたことをそのままやってみてるだけよ」

「すごくいい……やめない、で……そこ、イイ……ハァハァハァ」

あおいの喘ぎ声に、私のクリトリスもビンビンに固くなっている。

「これは？」

膣の中で激しく指のピストン運動を繰り返すと、あおいはひくつきながら、

「い、いい……江梨子さん……好き……」

女性らしい声で甘えられ、しがみついてこられると、不思議なことに、まるで男になったような気持ちになった。今、私は征服欲に満たされている。そしてあおいが果てると同時に私も腰をうねらせ、エクスタシーに溺れた。

数分後、倉庫の外でパタパタと誰かが走ってくる音がして、私とあおいは我に戻り、一瞬で服の乱れを直し、段ボールを持ち上げて作業に入った。ドアを開けて入ってきたのは店長だった。

「夕方の特売用の品、揃えておいてもらえるかな？」

「はい、それなら昨日のうちに用意しておきました」

「さすが江梨子さんは仕事が早いね。助かるよ」

ニコニコ顔で私から商品の入った段ボールを受け取ると、出て行った。

あおいは奥の棚に手を伸ばし、

「えっと……これ検品済んでいるんですよね？」

途端に敬語に戻り、私もなに食わぬ顔で、

「ええ、そうよ」

と言って、仕事モードに戻る。するとあおいが唐突に言う。

「江梨子さん、仕事ひけたらウチに来ませんか？　ウチ、すぐそこなんです。両親、昨日から韓国に旅行に出かけてて私ひとりだから」

その言葉は『さっきの続きをしよう』と言ってるみたいだった。

「……どうしようかな……」

「なんで躊躇してるんですか？　怖いんですか？」

あおいが怖いわけではない。女同士のセックスはたぶんエンドレスだ。果てても果てても、またすぐに求め合うに決まっている。

私は今夜、自宅に帰るだろうか？　帰らなかったら夫に責められるのだろうか？　と気にしながらも、既に私は、今夜あおいと激しくクリトリスを舐め合い、膣に指を挿入し合いヒクヒクし合うことを想像して、たっぷりと膣液が溢れているのだった。

■彼はネチャネチャと肌を密着させながら、私の乳房をチュパチュパと吸いしゃぶり……■

# 就活マッチングSEXで問答無用で犯されて！

投稿者 青木るか（仮名）／21歳／学生

就活中の女子大生です。

皆さん、就活用のマッチングサービス・アプリって知ってますか？

色々なタイプのものがあるんだけど、そこに登録すると、自分が就職を志望する企業の社員の人とアクセスすることができて、会って話をして有益な情報を得たり、うまくすると有力なコネを得ることも夢じゃないっていう、私の友達もたくさん利用してる、今はやりのものなんです。

それで私、ヤバイ目に遭っちゃいました。

つい先月、私の大学のＯＢで、私がずっと憧れているＩＴ企業の社員さんとマッチングすることができました。すぐにスマホで話し、早速直接会って採用されるために有効な情報のレクチャーをしてもらえることになりました。

ただ本当は、最近このマッチングサービスを悪用して、企業側の人が自分の立場を利用して学生に対してよからぬことをするというケースが増えているらしく、大学側からも気をつけるようにというお達しが出ていたのですが、話した印象がとても真面目で爽やかだったので、まあ大丈夫だろうと。

約束の日時に指定された喫茶店に行くと、私が話して思い描いていたのとはまったく感じの違う男性が待っていました。

Bさんは二十七歳で、着ているスーツはとても仕立てのいい高級感のあるもので、さぞいいお給料をもらっているであろうことを物語っていましたが、ただその体型はせっかくのいいスーツがはち切れんばかりに太っていて、顔だちもパンパンに膨れた顔肉の中に細い目が埋もれ、かけている眼鏡も同じく皮膚に食い込んでいるという有様でした。

私はてっきりスマート&クールな人物像をイメージしていたので、軽くショックを受けてしまいましたが、まあ別につきあうわけじゃなし、言い方は悪いけど就職のために利用するだけの相手なんだからと割り切って向き合うことにしました。

でも、話しをしているうちに事態はよからぬ方向に。

もっと役立つ情報を詳しくわかりやすくパソコンを使って教えたいと、彼は私に自分の自宅マンションに来るように言ってきたんです。

うむむ、これはさすがにヤバイかも……私の頭の中で危険信号が点りましたが、ただ、彼は話してると本当に有能で実力がありそうで、私の採用の可能性を上げてくれるに違いないと思わせるものがあり……結局、言われたとおり自宅マンションについていくことを承諾したんです。

時刻はもう夕方近くでした。

彼のマンションは一等地にあり、部屋はきれいで広い１ＬＤＫ。おそらく家賃十五万は下らないんじゃないでしょうか。

私と彼は、彼のハイスペックなデスクトップパソコンの前に並んで座り、その画面に次々と映るグラフや図表を指し示しながらのレクチャーが始まりました。

と、五分ほど過ぎた頃、横の彼の体が密着してきて、暑苦しい圧力がかかってくるのがわかりました。ギュウギュウ、ミチミチ……そのなんともいえず不快な圧迫感に耐え切れず、私は思わず言っていました。

「あの、体、離してもらえますか？」

でも、彼はやめてくれず、それどころか、

「ん？　どうして？　きみ、もちろん、自分が何をされるかわかってて、ここまでついてきたんだろ？　ねえ、悪いようにはしないからさあ……きみ、うちの会社に入りたいんだろ？」

と、平然と言い放ち、ついにこちらに向き直ると、正面からガバッと抱き着いてきたんです。

「やぁ……いやっ、ああ……！」

ガタガタッと、私と彼は勢いのまま椅子からフローリングの床に転げ落ち、私は九十キロはあるであろう彼の巨体にのしかかられる格好になりました。

「うはっ、リクルートスーツの上から見ただけじゃわからなかったけど、このはち切れんばかりの弾力！　きみ、いい胸してるねぇ……こりゃたまんないや！」

彼は鼻息を荒くしながらそう言うと、力任せに私の服を脱がせにかかりました。確かに、よく着やせするねと言われる私……白いブラウスの前がはだけられ、ブラに包まれたGカップの胸が飛び出しました。彼は一生懸命私の背中に手を回し、けっこう手こずった後にようやくブラのホックを外し、とうとう白い生乳が露わになってしまったんです。

「ああん、だ、だめ、やめて……えっ……」

「おいおい、ここまできてそりゃないでしょぉ！　観念しなって！」

彼は私の抵抗の声をこともなげにやり過ごし、私のお腹の上にまたがった格好で自分でも服を脱ぎ始めました。いやもう、そのブクブクに太った醜い体といったら、まさに〝白ブタ〟です。今や興奮で全身に汗までかいてるものだから、気色悪さはさらに倍増です。

　彼はその汗ばんだ醜体を前倒してくると、ネチャネチャと肌を密着させながら、私の乳房をチュパチュパと吸いしゃぶってきました。そのえも言われずキモイ感触に、全身を悪寒が走りましたが、しばらく執拗にそうされ続けていると、私の体は気持ちとは裏腹にエッチに感応してきてしまいました。

「あん、はっ……はぁっ……んんっ！」

「はっ、はっ、はっ……ほら、なんだかんだ言って、そっちも感じてきてるじゃないか。じゃあ、こっちのほうももうさぞかし……」

　彼は私の反応を探りつつ下半身に手を伸ばし、スカートとパンストをこじ開けてパンティの中に手を突っ込んできました。

「あっ、ほらあ、やっぱり！　もうグチョグチョのヌチャヌチャに濡れてるじゃないか！　ね、ね、僕のも見てよ！」

　私のアソコを指で掻き回しながら、彼が自分のズボンの中から引っ張り出してきたペニスは、肥満体の外見からはイメージできないほど、たくましく隆々とそそり立つマッチョ感溢れるもので、今やすっかり性感を手なずけられてしまった私は、思わず生唾を呑んでしまいました。

「じゃあ、入れるからね！　いいね！」

あ、ナマはやめて……と言う暇も与えられず、私はその剝き身の勃起ペニスをアソコに突っ込まれてしまいました。

「あっ、ああ……ああん、ひっ……」

太った巨体をユッサユッサと揺らし、全身から粘つく汗をほとばしらせながら、彼は私を何度も何度も刺し貫き、とうとう、

「くぅっ……で、出るぅ……！」

「ああん、はっ、はぁ……イ、イクッ……！」

二人ほぼ同時に達してしまったのでした。

その後、マンションをあとにする私に彼は、

「今日はとってもよかったよ。採用の結果、期待しててね」

って言ったけど……さて、どうなることやら？

# 素人手記
## 外でも中でも初めて知った快感絶頂体験記

2019年4月22日　初版第一刷発行

発行人　後藤明信
発行所　株式会社　竹書房
〒102-0072　東京都千代田区飯田橋2-7-3
電話　03-3264-1576（代表）
03-3234-6301（編集）
ホームページ：http://www.takeshobo.co.jp
印刷所　中央精版印刷株式会社
デザイン　株式会社　明昌堂

定価はカバーに表示してあります。
乱丁・落丁の場合は小社までお問い合わせください。
ISBN 978-4-8019-1843-6 C0193
Printed in Japan

※本書に登場する人名・地名等はすべて架空のものです。